TESTIMONI

Editing
Giancarlo Porcu

Grafica
Nino Mele
melino@imagomultimedia.net

Redazione: via Manzoni 28 - 08100 Nuoro
Telefono 0784.440684
E-mail: info@edizionimaestrale.com
Internet: www.edizionimaestrale.it

ISBN 978-88-6429-258-8

Giacomo Mameli

Pedrito

Lamette a Caracas,
fiori a Orgosolo

Il Maestrale

Giacomo Mameli

Pedrito

Lamette a Caracas, fiori a Orgosolo

Il Maestrale

A quanti, da Foghesu e nel resto del mondo, sono stati e sono costretti a lasciare la terra dove sono nati, spesso condannati a morire nei mari e nei deserti e vivono «sempre fuggendo di gente in gente».

Episodio 1

Sigarette e coccodrilli

Pedrito (con la fisarmonica) e alcuni compagni di viaggio durante una tappa nel porto d
Barcellona (foto: Famiglia Pietro Demontis - Perdasdefogu).

– Miguel, abre el portal, traigo otros diez revoltosos adecos. (Miguel, apri il cancello, sto portando altri dieci *revoltosos adecos*.)

– No, Guillermo, no queremos a nadie! Aquí no cabe ni una mosca! Esta prisión es un infierno, somos más de doscientos y sólo hay una letrina, olemos a orina y mierda! Y hoy ni nos han dado nada de comer. (Non portare nessuno, Guillermo, qui non ci sta neanche una mosca, questo cortile-prigione è un inferno, siamo più di duecento e c'è una sola latrina, puzziamo di piscio e di merda, oggi neanche da mangiare ci hanno dato.)

– Te he ordenado que abras o te mato! Eres un subordinado, obedece! (Ti ho ordinato di aprire o ti ammazzo, sei un sottoposto, ubbidisci.)

– Tú eres un sargento loco, no voy a abrir, busca sitio en otras cárceles. Aquí, te lo grito, no hay más sitio. Esta cancilla, con Miguel, permanece cerrada. Para que entraran a los últimos detenidos, el comandante de la Seguridad cargó a una veintena de adecos y viajaron por cientos de kilómetros ¿Y sabes cómo han muerto? Unos tirados al lago de Valencia, y otros al Orinoco, ¿entiendes? Eran chicos, todos devorados por los cocodrilos. (Tu sei un sergente pazzo, non apro, cerca posto nelle altre galere, qui, te lo urlo, posto non ce n'è. Questo cancello, con Miguel, resta chiuso. Per far entrare gli ultimi arrestati, il comandante della Seguridad ha caricato una ventina di adecos su un autocarro che ha fatto centinaia di chilometri. Sai che morte hanno fatto? Alcuni buttati nel lago di Valencia, gli altri finiti nell'Orinoco, capito? Erano ragazzi, tutti in pasto ai coccodrilli.)

Non dimenticherò mai, campassi cent'anni, questo botta e risposta - che per le urla ne cascava il mondo - tra Miguel el guardián e il sergente Guillermo. Sentendo e comprendendo anche poco quelle parole, in una lingua sconosciuta ma familiare, ero sì vivo, ma a sangue gelato. Mi passavano davanti agli occhi i volti disperati di uomini lanciati come sacchi di patate nel fiume dei piranha e dei coccodrilli chiamati *caimanes del Orinoco* ma anche nel lago di Valencia dell'Aragua o nei tanti corsi d'acqua sotto la Cordigliera.

Anche un vecchio avevano preso, Eduardo di nome, a barba lunga, "comunista de mierda" gli sputava in faccia Guillermo armato come il boia-capo di uno squadrone della morte. Appena sbattuto sul cassone, Guillermo lo solleva e lo massacra con tre colpi di nerbo di bue.

Eravamo in dieci, scaraventati su un *carro*, un camioncino nero e malandato. Ero l'unico non venezuelano, forse il più giovane, il più piccolo di statura.

Vicente sviene sul cassone sporco di tutto, sembra morto, io non reggo, solo i miei pantaloni potrebbero raccontare cosa mi è successo. Gli altri tremano, singhiozzano.

Paulo, che avevo incontrato nel barrio dei panaderos, provoca Guillermo fischiettando una canzone su Simón Bolívar, il Gesù Cristo laico del Sudamerica.

Appoggiato alla caba, come se nulla stesse succedendo, non protestava come gli altri desesperados Jorge, giovane professore universitario, sposato da una settimana, implora: Por qué? Por qué? Pronunciava il nome della moglie, Miranda, e giù un singhiozzo, Miranda, e tornano singhiozzo e lacrime.

Guillermo, occhi di fuoco e la carabina sempre puntata contro di noi, urla: Estoy disparando ahora. Jorge, davanti a lui, bianco come un cadavere, a ripetere: Por qué? Por qué?

Altri due arrestati rianimano Vicente. Dopo qualche minuto riapre gli occhi, capisce che guaio ha combinato per le sue sigarette, non ha il coraggio di guardarmi mentre cerco ancora invano di ripulirmi. Puzzavo più di una stalla.

Acqua non ce n'era nel cortile diventato lager. Né da bere, né da lavarsi. Una sola latrina per centinaia di dannati. Era l'inferno di un Paese con le dittature a lustri o ad anni alterni e che duravano da tanto. Soltanto i nomi cambiavano ma sempre dittatori erano. Due nomi ricordo: Gallegos e Larrazábal.

Un gruppetto di giovani *adecos* - così erano chiamati i simpatizzanti di Acción Democrática - mi avevano raccontato tante storie di politica con colpi di stato, molto complicate, non sempre chiare, anche quei pochi nomi che vi ho detto mi ubriacavano. Parlavano del bombardamento del Palacio de Miraflores, la tortura su uomini e donne era regola quotidiana soprattutto nelle prigioni di Maracay (definita "la città caserma") e di Caracas, affollate di prigionieri politici, qualunquisti o ribelli che fossero. Arresti in massa: il rettore dell'Università Cattolica, gente di chiesa come Pedro Pablo Barnola, Jose Sarratud, Delfin Moncada e Alfredo Osiglia. Centinaia di persone, anche donne, convocate per essere interrogate e mai rientrate a casa. In galera, in cortili chiusi a fil di ferro spinato e arrugginito tipo Germania di Hitler, in quei campi di sterminio sparsi in tutta Europa, Auschwitz e Buchenwald in Germania, Fossoli in Italia, Mauthausen in Austria, Treblinka in Polonia, tutti nomi che umiliano la storia dei popoli. Galera dura anche per i pochi giornalisti che tentavano di raccontare i fatti, direttori come Miguel Ángel Capriles di *Últimas Noticias*, il sacerdote Jesus Hernandez Chapellín del giornale *La Religión*. Per le donne avevano trasformato in galera un convento di Sacramentine, le suore trasferite da Maracay a Merida, a cinquecento chilometri, l'asilo usato come caserma era diretto da una badessa-colonnello, suor Miranda, chiamata suor Diablesa. La cappella di Sant'Agostino trasformata in aula di tribunale senza giustizia. Sevizie anche per combattere la piccola criminalità: ai ragazzotti, ma anche ai bambini che rubacchiavano riso, mais, caffè o pane negli abastos, il supplizio più comune era la mutilazione di due dita, indice e medio. A più d'uno avevano troncato direttamente le mani a colpi d'accetta.

Scioperi su scioperi. I cacciatorpedinieri della Marina, a La Guaira, fumavano dalle loro caldaie attraverso le ciminiere. C'è una rivolta: i cadetti della Scuola Militare si ribellano contro la dittatura. Pérez Jiménez è costretto a un esilio frettoloso, lascia il suo ufficio presidenziale e fugge con la famiglia nell'isola dominicana. Ad agosto del 1963 viene accettata la richiesta di estradizione presentata dal governo di Rómulo Betancourt agli Stati Uniti. Jiménez è imprigionato nella contea di Dade, rinchiuso nella prigione di Los Morros dove la polizia politica aveva assassinato Antonio Pinto Salinas. Fu poi portato nel carcere "Modelo" a Caracas. Scontò cinque anni. Finì anche in Spagna dove rilasciava interviste a nostalgici, giornalisti, complottisti di ogni risma.

Io, partito dall'Italia per cercare lavoro, mi ritrovavo dopo il fascismo con un altro tipo di guerra combattuta con golpe ripetuti, in un mondo che non era il mio e che ribolliva di atrocità. Giunto nel 1958, ho passato cinque anni a Maracay, città bagnata dall'Oceano Atlantico e dal mare Caraibico, cento chilometri o poco più da Caracas. I miei amici arrestati - Vicente, Jorge e Paulo - sapevano di tutto, li ascoltavo e li ammiravo, raccontavano dei loro padri pestati con barre di ferro come cani rognosi. Citavano una frase di Lenin: «Ci sono i decenni in cui non succede nulla e settimane in cui passano decenni». Sì, io ero capitato in un Paese straniero in anni e giorni senza fine, tra terremoti politici e democrazia calpestata. I miei compagni di lavoro mi avevano portato nella Plaza Bolívar dicendomi che era la più grande del Venezuela. Leggevano giornali ufficiali e fogli clandestini. Vivevano in città o rioni grandi e piccoli, Santa Cruz, Polo Negro, Ocumare che esplodevano di opere pubbliche ma ogni giornata era dominata da sempre più frequenti rivolte e repressioni feroci. Di queste ultime, come degli scioperi, guai a parlarne. Anche i civili, spie del regime in ogni angolo, ti massacravano di botte, ti affidavano alla Seguridad o a un'altra più feroce polizia governativa detta "La Sagrada" ed erano sevizie straziantі. Parlavano molto di Pedro Estrada e lo definivano verdugo, feroz y despiadado: spietato, feroce e carnefice.

In quel periodo, per le strade, nelle fabbriche, negli uffici, in spiaggia, bisognava dire che la vita scorreva normale e che non ci si accorgeva della dittatura. E poi erano anni di boom: ci si divertiva con pochi soldi, si compravano frigoriferi e giradischi, radio e cucine a gas, dall'Italia giungevano le Vespe Piaggio e le Lambrette, anche le macchine per scrivere Olivetti 22 e 32, per le strade urla di venditori di merci le più strane, odore nauseante di fritto che quasi ti toglieva il respiro. Dall'alba al tramonto sentivi nomi di tanti generali, spuntava sempre il dittatore Marco Pérez Jiménez che per i più era un benefattore. Lui aveva fatto entrare più di un milione di stranieri ma di libertà, ai venezuelani, zero e doppio zero.

Le ruote girano meglio quando si insedia una Junta Patriótica che voleva essere democratica ma anche quella era imbottita di ministri, burocrati d'alto rango molto spesso corrotti, si erano formati in scuole militari all'estero. La svolta viene tentata con Rómulo Betancourt, leader di Acción Democrática. Nel 1958 subentra a Jiménez, diventa presidente della Repubblica nel '59 (lo sarà fino al '64) e rilancia una politica riformatrice espropriando latifondi, realizzando lavori pubblici. Ma la rivolta cova ancora e si scontra con le opposizioni della destra conservatrice e della sinistra filo-castrista. Tutti a venerare il dio-petrolio, grande banca sottoterra che faceva gola a tanti. Stati Uniti primi della lista. Lo stesso Betancourt, nel 1956, aveva scritto *Venezuela Politica e Petrolio*, libro fondamentale per capire che cosa stava avvenendo nel mondo, soprattutto nell'America detta Latina.

Ai miei tre amici e a pochi altri operai fidati zapateros, il direttore dei servizi amministrativi di un'azienda petrolifera, Martín Sotillo, durante le cene che ci offriva, leggeva articoli a voce alta ma invitava ogni volta a essere cauti: Non parlate male del governo con nessuno. Diceva: Boca cosida, vida garantizada. Gli davamo retta.

Quando Sotillo ci ospitava per qualche festa con samba e sigarette Capitol nella sua casa vicina a piazza Girardot, assistevo quasi a seminari di formazione politica ed entravo nelle pagine di cronaca della loro complicata storia contemporanea. Sento che un certo Gomez aveva comandato in Venezuela per circa trent'anni e che poi nel Paese cerca di farsi strada la democrazia. Scontri tra militari e civili ma anche compromessi. Vengo a sapere di un misterioso incidente a maggio del 1958, vittima designata Richard Nixon che, dall'ambasciata Usa di Caracas, doveva andare a visitare la tomba di Simón Bolívar: pare che la macchina dell'allora presidente degli Stati Uniti fosse stata assalita da gruppi armati e che due collaboratori del Capo della Casa Bianca fossero stati feriti. Si occupa di Venezuela anche John Fitzgerald Kennedy: durante le feste di Natale del 1961 vola in Colombia e Portorico e va trovare Betancourt il democratico.

Discorsi di alta politica, insomma, per me molto difficili da capire. Tutto ciò succedeva mentre si mangiavano arepas ed empanadas e si tracannava soprattutto birra, tanta birra, la Polar e la Corona le più richieste. E tantissimo rum. Dentro casa baldoria e allegria, per strada i carrarmati, i militari con carabina e manganello. E spie in ogni angolo. Tra un bicchiere e l'altro spuntavano sempre le violenze di cui non potevi e non dovevi parlare in pubblico. Qualcuno raccontava di ufficiali che tradivano le mogli e viceversa, o di ufficiali e sergenti che nelle prigioni scaricavano violenza su violenza contro le poche donne che cercavano di alzare la testa. A una maestra di Barquisimeto che protestava per le violenze contro il padre di Acción Democrática l'avevano uccisa cucendole la bocca con filo chirurgico urlando: Ahora estarás en silencio para siempre. Si chiamava Josefina. Mi ero sentito gelato dalla testa ai piedi.

Una sera Sotillo aveva raccontato un fatto del 1951, quando il generale Eleazar López Contreras aveva riaperto un campo di concentramento dove erano stati rinchiusi prigionieri nazisti e fascisti. Per importare gli orrori tedeschi nel Venezuela del dopoguerra europeo, colonnelli e generali di Caracas e Maracay chiedevano notizie dei lager, dei forni crematori, delle camere a gas, delle manganellate della milizia fascista in Italia. Pedinavano e odiavano a morte chi era o appariva schierato con Betancourt. I comunisti della Junta Patriótica erano definiti perezjimenistas di sinistra.

Comunque andassero le cose, il Venezuela luccicava di denari, produceva petrolio come nessun altro Paese al mondo. Sentivo dire: *Viva el petróleo, los bolívares, abajo la democracia*. Mi avevano descritto Jiménez come un ometto grasso dalla faccia untuosa, facile a grandi risate e grandi pianti, patito di auto sportive su cui correva come un matto. Anche per queste stravaganze era amato da molti, forse dai più.

Il Venezuela dei pozzi petroliferi voleva dire ricchezza. Negli anni Cinquanta e Sessanta era la Terra Promessa dopo il grande esodo in Argentina, il 35 per cento della popolazione globale era italiana, nascevano le ciminiere, piccole fabbriche artigianali, industrie siderurgiche e petrolchimiche, le cascate del fiume Caroní garantivano l'energia elettrica alle aziende, si costruivano autostrade. Dal nostro Sud, dall'Abruzzo alla Sicilia, Sardegna compresa, era questo l'Eden del presente e del futuro. Molti soldi, molte armi e poche regole. Gli emigrati che scendevano dai bastimenti con grandi valigie di cartone baciavano la terra e si segnavano con la croce. Antonio Ravenna, di Teramo, costruisce a Caracas la chiesa della Madonna di Pompei. Da Marina di Camerota, provincia di Salerno, ne erano partiti più di mille, la maggior parte aveva aperto negozi di alimentari, *abastos* se erano grandi, *bodegas* se bugigattoli. Ma erano soldi, tanti tanti bolívar. Anche in dollari pagavano. Dopo la seconda guerra mondiale l'Italia e l'Occidente tutto facevano affari anche sostenendo rivolte qua e là e i golpe in Sudamerica. L'italiana Ansaldo aveva venduto sei cacciatorpedinieri, gli Stati Uniti elicotteri S55 e aerei F86, giravano fiumi di soldi nella patria dei caraqueños americanos.

Quel periodo io l'ho in parte vissuto, lo chiamavano "decennio inconcluso". Nella calzoleria diventata fabbrica, lì dove io lavoravo, potevo leggere anche i giornali e trovavo sempre nuovi nomi di tanti generali: uno si chiamava Michelena, un altro Felipe Llovera Páez. Tra il 1953 e il 1958 era stato ministro della Difesa uno che di nome faceva Oscar Mazzei Carta, letto questo cognome immagino fosse sardo come tanti miei paesani che di cognome facevano proprio Carta, dietro casa mia, di famiglie Carta - ognuna col suo soprannome tipo RubaTegole, CorteggiaCognate, FigliodiPrete - ce n'erano almeno dieci. Torno alla politica. Nel 1953 viene arrestato il segretario di Acción Democrática: Anzola. Un altro adeco, Alberto Carnevali, assassinato in carcere. Un suo amico, Leonardo Ruiz Pineda, ucciso dalla polizia nel quartiere di San Agustín di Caracas. Stessa fine, a colpi di pistola, per il capitano Wilfredo Omaña al centro della piazza Las Tres Gracias di Caracas. Io memorizzavo tutto ma, tranne che con i tre amici, restavo fisso muto, boca cosida.

Sangue e lavoro, guerre e golpe, vita scanzonata e torture. Gli italiani arrivavano a migliaia. Mi aveva scritto da Cagliari il signor Mormino, bottegaio siciliano che vendeva pellami nel quartiere della Marina dove era diventato amico di un mio cognato, Gaspare Giordano. A Cagliari lavoravo alle sue dipendenze. Mi scrive quando ero ancora contadino-pastorello a Perdasdefogu: «Vieni, qui ci sono più soldi di quante pietre avete sul Gennargentu e sul Monte Limbara e nel tuo paese povero che produce solo sassi». Mi stava stretto vivere in paese. In corriera scendo a Cagliari. Mi ospita mia sorella Giuseppina, la moglie di Gaspare, e poi - lo dico solo a lei - mi imbarco sulla nave ammiraglia Bianca C. della flotta Costa. Primo scalo Barcellona, poi Tenerife dove vedo tante palme, montagne rosse, poi mare aperto fino alla Guaira, il porto venezuelano più importante. Senza fare un solo documento, giunto in Venezuela riprendo subito con il mio lavoro di calzolaio e imparo anche nuovi segreti per fare il tappezziere, mestiere che mi piaceva molto.

Venezuelano divento. Dopo qualche settimana comincio a capire e parlare lo spagnolo, somiglia alla lingua del mio paese, Perdasdefogu, un tempo Piedras de fuego, pietre di fuoco, pietre sacre, piene di cristalli di quarzo. Maestro Tito ne aveva portato alcune in classe. Ero in quarta elementare, aveva chiuso tutti gli scurini. Sale in cattedra, sfrega le pietre tra loro e noi alunni, urlando Chebbello-chebbello, ancora-ancora Mae'. In quel buio vedevamo le scintille. E il maestro Tito a spiegare: Con queste pietre l'uomo primitivo, in tutto il mondo, accendeva il fuoco e si riscaldava.

Pietro nel villaggio dove sono nato nel 1931, dal primo giorno in un'altra parte del mondo vengo ribattezzato Pedrito, da un mio collega, Vicente *zapatero*, quello dell'arresto per colpa delle sigarette. Lo chiamavano più Zapatero che Vicente, anche io al mio paese ero *sabateri* come lui. Dopo i primi mesi passati a Maracay, dove nel primo periodo vivevo in una bella casetta assegnata gratis da Mormino, mi passa il buon umore. Sento parlare solo di quanto ho già detto, di tante violenze, c'erano spie in ogni angolo, in ogni posto di lavoro, bisognava stare attenti. Dopo l'imbrunire, finito di sistemare tomaie e tacchi, di ordinare il deschetto con semenze e pece, lesine e spago, chiodi a cappello tondo e chiodi a fiammifero, trincetti e punteruoli, esco per rientrare a casa con Vicente e succede quello che vi ho già raccontato, l'arresto. Zapatero, che mi era diventato fratello, mi chiede di accompagnarlo a San Joaquin per comprare al mercato nero un pacchetto di sigarette, fumava le Fortuna e le Moore, dovevamo fare pochi chilometri, verso il lago. Il sole era ancora alto. Non volevo dirgli di no, mi faceva dormire spesso a casa sua dove si doveva occupare anche dei genitori anziani e della sorella Carmen sordomuta. Provo a mettergli un dubbio.

– Vicente, guarda che ci arrestano, c'è ancora il coprifuoco.

– Non ci arresta nessuno, Pedrito, mantén la calma, mantén la calma.

– Tranquillo non sono, ho molta paura, tengo mucho miedo, ma se proprio vuoi ti accompagno.

Vince Zapatero. Che fischietta il motivo di un tango, *Caminito*, che tanto mi piaceva quando al mio paese, dopo la messa cantata, lo suonava Pasquale con la fisarmonica bianca.

Non facciamo neanche trecento metri e arriva un autocarro, sul cassone due militari armati, alcuni ragazzi e qualche adulto ammanettati. Scende il capo. E ci blocca.

– Sono il sergente Guillermo della Seguridad, documenti.

– Non ne abbiamo.

– Siete arrestati anche voi. *Subid al camión*, salite sull'autocarro. E zitti. *¡Cállense!*

Scarta il nerbo di bue e preferisce assestarci subito due colpi di cinghia chiodata. Io me la sento nel fianco destro, sulle costole, urlo, e giù un'altra cinghiata. Ci ritroviamo con altri otto catturati e guardati a vista da poliziotti. Su quel cassone sporco c'era un caldo boia.

Guillermo parlotta con l'autista, individuiamo Miguel, l'addetto al cancello del lager dove per noi non c'è posto.

Inizia un calvario da una galera all'altra, tutte occupate, grandi e piccole strapiene di arrestati. Nessuno, in nessun paese o città, apre a Guillermo che è una tigre furiosa. Dopo sei ore in cerca di posti nelle prigioni, Guillermo e il suo attendente Pacífico, piccoletto e zoppo, ci riportano a Maracay. Riecco la prima galera, riappare Miguel:

– Ora puoi scaricare gli arrestati. – E aggiunge: – Poco fa la Seguridad ne ha prelevato dieci e li ha portati via. Non so dove e come siano finiti. Tra coccodrilli, piranha e fucilazioni in piazza, neanche ci voglio pensare, ma qui non se la sarebbero passata meglio.

Comincia così la mia vita da arrestato a più di ottomila chilometri dal paese dove sono nato. Penso a mamma Luisicca, se lo sapesse le prenderebbe un colpo. Si avvicina Miguel e mi chiede come mi chiamo.

– Pedrito, – rispondo.

– Como mi hijo. Italiano?

– Sì, sardo.

– De Cerdeña?

– Cierto, seguro, natural. Di Piedras de fuego detto Perdasdefogu.

– Hola.

Va via. Eravamo in tanti, il cortile un po' più piccolo del mio campo sportivo della Polvere Rossa fronte Nuraghe, quasi tutti muti, pochi che passeggiavano, i più addossati a un muro. Noi dieci restiamo vicini, torna Miguel a indicarci il camerone dove dovremo dormire. Letti cigolanti a castelletto di legno, niente materassi, neanche coperte, vedo due scorpioni e tanti gechi. Neanche un lavandino. Miguel mi dice: – Pedrito, mettiti nel letto più in alto, lassù senti meno puzze.

Camminiamo a stento, e poi un bisbiglio da brivido, da supplizio, uno dice sottovoce che un professore dell'università è morto. Come? La Seguridad gli ha tagliato la giugulare con una lametta.

Vita dura. Nel cortile sempre guardati a vista da militari armati, nei cameroni mosche e pulci, zanzare e altri insetti che non avevo mai visto, il soffitto coperto di gechi. Per mangiare, ciotole di ferrosmalto arrugginite, brodaglie. Era meglio stare nel cortile. Almeno si respirava, anche se il caldo ci ammazzava. La latrina sempre occupata, la carta igienica un lusso, eri fortunato se trovavi fogli di giornali vecchi, i muri puzzavano di ammoniaca. Ma addossati a quei muri dovevamo stare.

Dal primo giorno di arrestato, sento raccontare atrocità difficili anche da immaginare, anche più choccanti di quelle che sentivo alle cene tra amici. Il più informato era Jorge, parlava come un libro, riascolto cose che avevo già sentito, lui ci aveva raccontato degli arresti dei docenti universitari e dei preti, anche di un vescovo. Riparla degli abusi sulle donne che non accettavano la dittatura Jiménez. Parlava sottovoce, Jorge. Quando si avvicinano i militari si cambia discorso in un battibaleno, qualcuno bluffa e se la ride. Poi veniamo a sapere che nel Carcel Modelo di Caracas celle e camerate sono pure peggio, fatte con scatole di cartone e lenzuola, quando piove è una tragedia. Anche fame, si mangia riso scondito e acqua di avena.

Nella Cárcel Pública di Maracaibo i "sequestrati" venivano rinchiusi in celle affollatissime e frustati, molti si erano uccisi e tanti altri avevano tentato di impiccarsi. In un'isoletta del Delta dell'Orinoco, zona paludosa dove avevano creato una delle tante galere-lager naziste, la gente veniva buttata a centinaia in baracche senza letti, il pavimento coperto da paglericci, dieci ore di lavori forzati, un'ora di pausa per il pranzo sempre di avena e fagioli. C'era chi raccoglieva conchiglie e chi mangiava anche topi. Malattie di tutti i generi: il beriberi si aggiungeva a dissenteria, colera, scorbuto, tifo, tubercolosi. Chi moriva non finiva in cimitero ma aveva per tomba l'Orinoco con i suoi affluenti, il lago di Valencia, l'Oceano. Jorge raccontava di un libro, *Venezuela bajo el signo del terror: libro negro de una dictatura* pubblicato clandestinamente nel 1952 da un editore coraggioso che si chiamava José Agustín Catalá. Fu perseguitato, torturato brutalmente, volevano estorcergli il nome dell'autore, e lui boca cosida. E giù botte, ferri roventi sui testicoli, sul naso, sul pene. Davanti a lui avevano violentato la figlia, Miriam, bambina di undici anni. Con i miei occhi, diceva sempre Jorge, raggelato sotto il sole impietoso, ho visto strappare unghie dai piedi e dalle mani con tenaglie da falegname e pinze da fabbro ferraio. La polizia lo faceva con chi non dava nomi e residenze di adecos. Quando poteva raccontava atrocità dei militari contro un commerciante, Oscar Niemtschckit, sfregiato davanti alla moglie Julieta, stuprata dai soldati sotto gli occhi del marito. E un altro professore di Scienze politiche, José Antonio González, arrestato dalla Seguridad il 13 ottobre 1951, torturato a Caracas nel Cárcel Obispo, nutrito a malapena, torturato con ferri roventi sulla fronte e sulle tempie, mai curato, rilasciato due settimane prima di morire nel suo tugurio di Maracay.

Il secondo giorno di galera scorrono racconti di altre cose strazianti dalla bocca di Paulo il panadero. E Jorge che conferma. Aveva detto: – I carcerieri si divertivano ad accendere fiammiferi tra i capelli oppure i fiammiferi li spegnevano sulle braccia, sulle guance, nelle orecchie.

Sempre nel carcere di Maracaibo un detenuto era rimasto per giorni nella posizione del cosiddetto "paralelo 38", costretto a restare dritto sulle punte dei piedi mentre con le dita di una mano si appoggiava alla parete, nudo, con i torturatori che gli sferravano calci in tutto il corpo e pugni al basso ventre. Avevano torturato perfino un politico famoso come Teodoro Petkoff, militante di spicco del Partito Comunista, poi giornalista, compagno di battaglia di Chávez e poi suo oppositore. Paulo racconta di un altro carcere, mi pare si chiamasse il Guasira, dove andava un medico italiano, Aurelio di nome, servo del regime. Qui la gente moriva per debolezza e per tifo. Un ragazzo, interrogato dalla polizia, aveva sbagliato la sua data di nascita, era stato massacrato a colpi di machete. Un altro bastonato e ferito, costretto a buttarsi vestito nell'Orinoco. Sempre Jorge ci aveva elencato tanti tipi di tortura di cui già sapevamo: sigarette spente tra i seni delle donne, l'elettricità al basso ventre era atrocità quotidiana, immersioni da nudi nei blocchi di ghiaccio, lamette per troncare vene e farti morire dissanguato. Il più crudele dei repressori pare fosse il capo della Sicurezza Pedro Estrada, noto per la sua ostentata eleganza. Aveva dichiarato: "Non torturo per mio esclusivo piacere ma perché me lo ordinano i militari." Non era da meno Jiménez. Quando due detenuti avevano chiesto di poter partecipare al funerale dei genitori a Los Morros aveva risposto: "I detenuti non hanno genitori."

Scende il buio. Il cielo è bello, chiaro, rosso. Ci ordinano di rientrare nei cameroni per la cena. A distribuire le scodelle di brodaglia questa volta c'è Miguel, per primo serve il vecchio Eduardo, mi saluta a voce bassa, Hola Pedrito, lui è solo col suo padellone gigante e fumante. Si avvicina e mi dice sottovoce: Appena mi vedi al portone alzerò la mano, tu e gli altri due amici avvicinatevi, vi faccio scappare, non fiatate con nessuno, nessuno di voi tre è stato registrato, gli altri sette sì. Non credo alle mie orecchie. Riferisco a Vicente e Jorge. La felicità dura solo un istante. In lontananza sento le urla di Guillermo, poi lo vedo con i suoi occhi di fuoco, torna il terrore e tutti zitti. Dopo un po' Guillermo sparisce. Gli faccio il malaugurio che al mio paese riserviamo, mentre si allontana, a chi ci tratta male: Vai, vai, fai pure il viaggio del fumo. S'andada 'e su fumu.

Intanto seguo i passi di Miguel, ha finito di servire la cena, con quelle brodaglie ha sfamato tutti gli ospiti del cortile lager e distribuisce anche sorrisi, è vicino al portone. Rasentando il muro ci spostiamo pian piano io, Jorge e Vicente. Col cenno della mano Miguel mi indica di avvicinarmi, mancano pochi metri, alza il braccio destro. Siamo dietro di lui. Apre il cancello, dà un pantalone di tela color cachi a ciascuno di noi, *Hola Pedrito, buena suerte a todos.*

Siamo fuori. Siamo evasi. Siamo liberi. Ci guida una mezzaluna da incanto, sono sicuro che si era accesa di luce per noi da tre giorni e tre notti senza libertà. Con l'aiuto del carceriere buono di cuore. Per strada gente ne passa, ma non troppa. Qualche macchina, quasi tutte americane. Camminiamo abbracciati, nessuno ci guarda, siamo maracayeros come tutti gli altri. Su una panchina sotto un grande ficus ci infiliamo i pantaloni regalati da Miguel Nuestro Libertador. Dopo dieci passi Vicente fruga nel pantalone usato che si era appena tolto, ci ritrova il pacchetto delle sigarette responsabili della nostra disavventura. Ci sono pure i fiammiferi. Ne sfrega uno. La sigaretta Moore è tra le labbra, Vicente sbuffa come una vaporiera e sembra rinato. Mi guarda e chiede scusa, Perdóname Pedrito, perdóname Pedrito. Gli rispondo in sardo: Po furtuna est andada. E aggiungo: Sono stati tre giorni bui ma anche con lezioni utili di storia. Gli do una manata sulle spalle. E gli dico: Ajò!

A pantaloni nuovi, camminiamo fischiettando come gente normale e felice, diretti alle case che aveva costruito per noi Mormino il siciliano, padrone buono.

Episodio 2

Zapatera Industria Mormino

Pedrito nella bottega dell'Industria Zapatera Mormino a Maracay (foto: Famiglia Pietr
Demontis - Perdasdefogu).

La mia vita da venezuelano comincia nel porto di Genova a metà pomeriggio di lunedì 26 gennaio 1953. Il cielo bombarda grandine e pioggia. Ombrello non ne avevo, in faccia ero colpito da gocce che pungevano come chiodi ghiacciati. Ero arrivato mezzo morto in treno da Civitavecchia. Avrei voluto vedere la città ma sono rimasto due ore nella bolgia di un bar strapieno di altri viaggiatori. C'erano passeggeri di mezza Italia e stranieri, anche alcuni sardi che tornavano a casa, dalla parlata avevo capito che erano quasi tutti del Nuorese. Alle otto ci fanno salire a bordo. Mentre metto piede nel salone al secondo piano del transatlantico Bianca C. destinazione Caracas, la radio di bordo annuncia una "strage nei cieli della Sardegna", sulle montagne di Sinnai, una ventina chilometri da Cagliari: un aereo bimotore della Lai (Linee Aeree Italiane) perde un'ala e si schianta sulle montagne, 19 morti, nessuno si salva. Mai salito in aereo ma tremo, molti si mettono le mani sui capelli, non so che dire, non conosco nessuno, come tutti quelli che emigrano ho una valigia di cartone rattoppato e un biglietto per passaggio ponte, senza numero prenotato, è quello che usano i poveri perché costa di meno. Mi sento ubriaco senza aver bevuto, mi gira la testa, con questa tragedia dell'aereo non nasce bene il sogno di una vita nuova, col lungo viaggio verso le Americhe.

Non vi dico che cosa è stata la prima notte. L'odoraccio del fumo di carbone della nave mi bruciava la gola. Stavo male. Era il secondo pomeriggio in nave dopo quello del giorno prima. Mi siedo su una panchina, vedo le scialuppe di salvataggio e spero di non doverle usare, mangio una fetta di pane con salsiccia e formaggio, dal tascapane prendo un fiasco di vino, lo stesso che mi portavo dietro quando andavo alla vigna delle Miniere nel costone della Pietra Rossa, pareti di trachite. In una grotta lì accanto si rifugiava spesso il bandito Samuele Stochino. Aveva smesso di ammazzare e di vivere dopo una sparatoria con i carabinieri. Articoli su tutti i giornali, in molti paesi dell'Ogliastra, anche al suo che è Arzana, i più avevano tirato un respiro di sollievo, perché, per stanare il latitante, ci passavano di mezzo anche persone pulite.

Notte tormentata tra puzza di carbone, gente che russa e ha lo stomaco in rivolta, pianti di bambini, raffiche di vento, la nave ogni tanta balla, mi torna in testa l'annuncio dell'aereo precipitato. Piove ancora a dirotto, due spagnole cantano *Malagueña*, canzone che conoscevo perché la domenica, in piazza a Foghesu, la suonava con la sua fisarmonica tutta colorata Pasquale Zappa Insieme, le coppie ballavano felici infischiandosene di sassi e polvere, di madri vigili e ragazzi invidiosi di chi aveva potuto accoppiarsi con Nilva, Anna e Ombretta, le più desiderate del paese. In quella piazza vedevo spesso Antonietta che mi piaceva ma non rispondeva mai ai miei ciao.

Stanco e infreddolito, sottocoperta come tutti i migranti, non trovo neanche una poltrona libera, mi sdraio su una panchina e crollo. Sveglia all'alba mentre siamo in alto mare, costeggiamo la Sardegna, il mare della Spagna. Arrivati a Barcellona prendo un caffellatte venti lire che non è quello col latte di capra fatto bollire da mamma Luisicca. Mi dispero perché non conosco nessuno, mi sento solo tra duemila viaggiatori, la traversata durerà ancora per molto, le Canarie, tappa a Santa Cruz de Tenerife.

Da quattro giorni non tocco terra, all'arrivo ne mancano ancora otto o nove, chissà se ci arrivo vivo. Acqua e solo acqua, vago per la nave, la sala macchine, imparo i nomi poppa prua e scafo, vedo barche-gommone, il bar, il ristorante dove non ho mai messo piede, pasti fissi a pane-pistoccu, caglio di capretto, formaggio e vino nero, salsiccia, per frutta ho portato pere d'inverno rubate dall'Orto del Canonico. Quando riesco a dormire sogno a lungo, sdraiato sulla traballante poltrona di legno. Sogni che mai avevo fatto. Rivedo il mio paese, immagino Antonietta che rientra a occhi bassi verso casa sua che è a trenta passi dalla mia, la Fontana di Giù e il ruscello delle lavandaie, le case a pietre nude con finestre piccole e le legnaie-bagno, le grandi pareti di calcare del Corvo con i boschi verdegrigio di lecci e olivastri, le processioni con i santi, mio padre sul calesse o mentre squarcia animali da vendere in macelleria, i funerali col canto del rosario Santa-Maria-Mamma-De-Deus, la cantilena pomeridiana delle donne con Gesù-Maria-Giuseppe, risento la tromba gialla in ottone del banditore Giuseppe PiediStorti che annuncia in sardo (Avvèrtidi su sìndigu, avvisa il sindaco) l'arrivo dell'esattore. Tutti domani dalle dieci a mezzogiorno a pagare le tasse in municipio. Di sera sempre lo stesso film: il fumo che esce dai camini, zio Bernardo che rientra dal Lavatoio con l'asino Difendil'onore che ha sul basto tanti legnetti per il fuoco della sera, le capre casalinghe bianche e beige che tornano dal pascolo e sole solette, a campanaccio, entrano nel cortile del proprio padrone. Sfilano le donne con le brocche poggiate sul cercine, risalgono dalla Fontana del Pozzo, zio Peppino con la sega in azione nella falegnameria delle More di Gelso, il postino Natale amico di tutti che bussa alle porte, Armando barcolla per vino e grappa uscendo dall'osteria di Beniamino Naso-Storto e impreca contro tutti, preti e santi, la giustizia e l'esattore maladittu. Sogni solo paesani; a gonna nera e lunga vedo zia Steverina-Perpetua che ripulisce le tombe di terra nuda nel cimitero attorno alla chiesa e l'unica lapide di marmo per il dottor Enrico Toselli medico giunto dal Piemonte, il daziere zio Berritta che affibbia le multe ai distillatori clandestini di acquavite filuferru, le cognate Irene e Lavinia a braccetto verso chiesa, la guarda campestre Antonicco Moleri che mette multe a Busola e Murettu per pascolo abusivo, l'ostetrica SignorIda che va a casa di Gelsomina mamma di Elisabetta ultima nata, i carabinieri con la jeep in giro col moschetto a tracolla, i bambini che si spassano a Luna Monta e giocano a I Cavalli Pronti, la casa di zia Giacomina col balcone di garofani e gerani rinsecchiti dal gelo, le bambine con cinque pietruzze che fanno saltellare sulle mani, manco fossero prestigiatrici. In bicicletta rivedo Ferdinando il cantoniere che rincasa dopo aver sparso la ghiaia sulle mille buche della strada che porta a Jerzu, la corriera della Sita che arriva da Cagliari con gente, scatoloni e giornali. Nel viaggio lungo e nei sogni che non finiscono mai, riascolto le lezioni di Maestro Tito, dimmi le province della Lombardia e del Piemonte, quando è morto Napoleone, chi era Pietro Micca, sette per nove, le quattro fasi della digestione, *Il Tamburino Sardo*, recita *Pianto antico* -

«L'albero a cui tendevi...» - parlami del racconto *Il cinghialetto* di Grazia Deledda, e anche i difficili problemi di matematica e io che non ne indovinavo uno. C'era anche l'aula di fisica nello scolastico del Tacco Alto, il Maestro ci faceva l'esperimento del Diavoletto di Cartesio. Una volta alla settimana l'ora di ginnastica, le due ore di agricoltura col bidello Pierino che ci insegnava a zappare, a seminare fave e ceci nel cortile-orto della scuola. Ai bambini piaceva molto stare con Pierino che parlava a modo suo, suonava l'armonica a bocca e lo scacciapensieri (per noi *trunfa*) raccontava della sua guerra in Russia: Nel gelo di Mitrolanova dove mi era morto tra le braccia un soldato di nome Nino che, mischino, lo stavo medicando per una scheggia di ferro che gli aveva spaccato in due la pancia.

Mi sveglio contento con quell'infinito sogno tutto foghesino anche se ero sballottato nel grande mare-oceano. Sempre mare e solo mare. Venerdì 6 febbraio, verso le otto del mattino sento il suono forte della sirena ed entra in funzione l'altoparlante del transatlantico. La sirena è come quella della guerra a Cagliari. L'altoparlante - ho buona memoria, come mi riconosceva Maestro Tito - annuncia in italiano: Buon giorno signori passeggeri, fra due ore si sbarca al porto de La Guaira, raccogliete tutte le vostre cose, valigie e casse. Ci auguriamo che siate stati bene a bordo e vi auguriamo un buon soggiorno a Caracas e in Venezuela, dovunque andiate. L'equipaggio della nave Bianca della flotta Costa augura Buona fortuna a tutti.

Le stesse cose, con voce di donna, vengono dette subito in spagnolo. Ricordo poche parole tipo *mucha suerte a todos* o una cosa del genere.

Qui il sole brucia più di quello sardo, il caldo è soffocante. Sento urla, vedo cose, case, traffico di macchine, camioncini, anche carretti come quello di babbo Celestrino. Il mare è più scuro di quello di Cagliari, bastimenti che fumano, piroscafi, barche grandi e minuscole, pescatori con pesci grandi e piccoli nelle ceste, e ancora grida di tutti i tipi. Questo, direbbe mio padre, Est un'atru mundu, sì, un mondo nuovo, anche palazzi alti e pure lunghi, più uomini che donne nel piazzale del porto, ancora carretti, motocarrozzelle, biciclette, corriere e postalini, schiamazzi di bambini scalzi e mezzo nudi, le donne non sono a gonna e blusa nera o color caffè come a Foghesu, no, tutte colorate. E tutte a seni grandi grandi e a labbra grosse grosse che in paese e neanche a Cagliari ne avevo mai viste.

Scendo i gradini della nave con la valigia e il tascapane, mi reggo al passamano ma devo stare attento, quando in mezzo a un gran casino sento una voce, un urlo: "Pietro, Pietro" e tanti nomi in italiano di altri italiani che aspettavano parenti o amici. Ancora "Pietro". Guardo ovunque. Risento ancora Pietro, mi sembra di riconoscere il timbro di voce, ma chi può essere? Per altre tre volte: Pietro, Pietro, Pietro. Scendo le scale temendo di finire in acqua col tascapane e i miei bagagli ma tocco finalmente terra. E per me è già un miracolo. Davanti a me il signor Mormino. Secondo miracolo. Sì, è proprio lui, il signor Giuseppe Mormino, il padrone della calzoleria dove lavoravo a Cagliari.

– Ciao Pietro, bienvenido a Venezuela.

Lui era siciliano di Palermo, scappato da lì perché, diceva, "non mi piace l'odore-puzza di mafia".

Mormino è un uomo-macchina che non si ferma, è uomo da moto perpetuo. Conoscevo la sua storia.

Era uno dei meridionali che cercavano lavoro e serenità all'estero. Arriva a Cagliari nel 1938 con la moglie Anna Mascarella. Prende casa in Castello, il quartiere dei nobili d'un tempo. Quasi ogni anno un figlio. Primo lavoro a Carbonia, minatore. Quando rientra la sera dalle gallerie di Nuraxi Figus i figli gli chiedono: Papà, perché hai la faccia nera?

La guerra, i bombardamenti, una bomba cade davanti al rifugio verso Cortoghiana. Mormino e famiglia lasciano il Sulcis e rientrano a Cagliari. Due anni a vendere scarpe nuove e a fabbricarne su misura con le proprie mani. I guadagni ci sono e pure alti. Poi sfollano, non nei paesi vicini a Cagliari, ma attraversano di nuovo il Tirreno, sono i primi profughi nel paesino di Nocciano, sotto la Maiella e il Gran Sasso, il prefetto gli assegna una casa grande davanti alla chiesa di San Lorenzo Diacono. Un anno anche a Pescara, il lavoro tra campi di grano e trebbie, fa anche il calzolaio, mestiere che rende, guadagna più con le scarpe che con le spighe. Ma il siciliano, giramondo irriducibile, vuol tornare a Cagliari. Trasloca di nuovo. Bottega con insegna *Pelle, suole, scarpine e scarponi* in pieno centro, sotto il Bastione di Saint Remy e quasi davanti alla chiesa di Santa Restituta. Apre un negozio di sole scarpe nuove che gli arrivano da Salerno, gli affari girano, quattro dipendenti. Tra questi ci sono anche io. E Pietro Demontis, per Mormino, "è il più bravo, il più serio". Mi paga meglio degli altri, dà a me le chiavi per aprire e chiudere sia bottega che negozio. Dopo il Natale del 1951 Mormino deve rifare bagagli e baracca, lascia in Sardegna moglie e nove figli "perché i soldi si fanno in Argentina o in Venezuela". Olbia, Genova, nave Marco Polo, tredici giorni in mezzo al mare, Caracas e subito a Maracay. Comincia da dove è partito, zapatero.

Dopo un anno scrive alla moglie Anna: «Qui vendo il triplo delle scarpe, il petrolio è oro, altro che la miniera di Carbonia, ma dì alle bambine che qui non ho la faccia nera, soldi ce ne sono molti, tra una settimana compro una fabbrica, appena posso verrò a prendervi tutti. Con voi farò arrivare anche Pietro, gli scrivo, se lo vedete ditegli che lo attendo a braccia aperte. Chiavi di bottega aveva in Sardegna, chiavi di bottega avrà in Venezuela.»

Io Pietro devo fare i bagagli, torno dai genitori a Foghesu. "Il padrone mi ha chiesto di andare con lui in America." Quando mamma sente del viaggio in mare si dispera e mi piange manco fossi morto annegato, babbo Celestrino zitto, zitti il fratello Mario, piange la sorella Giuseppina andata in sposa a un altro siciliano, Gaspare Giordano, zapatero pure lui e rappresentante di commercio e amico di Mormino. Il 24 gennaio 1953, di mattina, corriera Sita per Cagliari, alla guida c'è il signor Rollo che arrotonda lo stipendio inseguendo e uccidendo per strada lepri e conigli, li rivende al ristorante Italia di Cagliari del signor Mundula. Poi la grande traversata.

Quando arrivo al porto di La Guaira e ci trovo il signor Mormino gli chiedo subito di trovarmi una casa.

– Starai qualche giorno a casa mia, ho dodici dipendenti, ho costruito tre appartamenti per voi e una sala pranzo, saranno pronte tra dieci giorni, starete in due in ogni casetta, mangerete insieme, ho fatto una grande cucina.

Si ferma e mi fermo. Mi dice, guardandomi negli

occhi: – Pietro, una cosa ti ordino: non parlare mai di politica, non dire mai che c'è qualcosa che non va bene, non fidarti di nessuno, non parlare mai male dei militari, lavora e basta. Pensa a fare soldi e qui soldi ce ne sono, bisogna dire che tutto va bene. Mai una parola contro il governo. Capito? Entendiste?

Poi aggiunge: – I venezuelani non ci vogliono molto bene. Dicono: *Nosotros los venezolanos somos pobres, i los italianos ricos*. Sai quando si stava bene? Quando a comandare era Rafael Caldera, aveva fatto arrivare tanti italiani ma non devi dire neanche il nome di Caldera che quelli di Jiménez lo odiano.

Lezione fatta e capita. E gli dico: – Signor Mormino, sardo sono, non vedo, non sento, non parlo, stia tranquillo.

Venezuela mica tanto diversa dall'Italia. Anche a Foghesu, in tempi di fascismo, mica potevi dire che le cose andavano male, che si viveva con fame, malattie, senza corrente elettrica e senza acqua in casa e con tanti funerali per i morti in guerra. Se non avevi la tessera del fascio niente lavoro perché il podestà sapeva e decideva tutto. Babbo Celestrino (sì, la erre in mezzo) la tessera con i Fasci non ce l'aveva. Ma se lavoro non ce n'era lui il lavoro lo fabbricava, lo inventava. Mio fratello Mario militare tra Grecia, Albania e Africa. Solo un grand'uomo, Raimondo PelleVecchia, tessera non ne aveva preso, a lavorare era andato in miniera a Carbonia.

Io ascolto il sermone e dico che sì. In macchina verso Maracay. Un viaggio lunghissimo. Quando passa qualche bella donna Mormino dice a voce alta: *Bonita muchaca*. Io rido ma Mormino torna ai colpi di Stato, alle torture, alle scosse elettriche. Ecco Maracay, anche qui piazze grandi, leggo Plaza Bolívar. E quanta gente. Arrivati. Pranzo con Mormino e compagni che fanno festa a me nuovo arrivato. Brindano a birra. Bienvenido. Grazie. Ci sono cinque siciliani. Gli altri venezuelani, sei: Tomas, Francisco, Vicente, Simón, Alirio e Alejandro. A pranzo *el pabellon*, riso con fagioli neri e carne. Mi sistemo in camera, sono con Vicente che fuma la sua Moore e mi ribattezza Pedrito.

Il giorno dopo, il primo giorno di lavoro in Sudamerica, il lavoro di sempre, ancora e sempre deschetto, tomaie, tacchi, chiodi, filo e pece, pelle e gomma, caucciù, lesina. Mi sembra di essere nella bottega di Cagliari o quella di Foghesu, Simón e Tomás fissi cantando *Sueño una muger*. Donne e uomini, ragazzi e vecchi a comprare scarpe nuove, a riparare le vecchie, a Cagliari ne passavano venti, trenta al massimo in una giornata, qui trenta clienti arrivano in un'ora, a volte c'è la fila per strada, comprano e non chiedono sconti. Quanto? Otto-dieci bolívar per le scarpe popolari, i *zapatos*. E via. E se i bolívar erano dodici o quindici, *està bien*. Molta gente fa molti soldi anche se la bottega è piccola. In pochi mesi Mormino costruisce un grande capannone a Las Campanas, ci trasferiamo lì, ma la bottega resta sempre in centro con Vicente a vendere. Sulla facciata gialla la scritta nera a caratteri cubitali: *Zapatera Industria Mormino Giuseppe*. Avevo un bigliettino con la denominazione ufficiale della ditta: *S. A. José Mormino & Hijos, Fábrica de calzado UNIVERSO - Para Caballeros, Damas y Niños*, dovevo consegnarlo ai clienti quando chiedevano del mio padrone che era fuori sede.

Se il padrone è assente, ad aprire e chiudere la fabbrica sono io. Mormino fa coppia fissa anche con un altro siciliano tuttofare conosciuto in Sardegna, Gaspare Petretto, rappresentante di commercio, titolare di una pescheria, vendeva scarpe e pelli. Si stanca presto del Venezuela, e vende tutte le ditte a Mormino che accetta. Petretto emigra a Londra, fa il cameriere in Brighton Road e poi cuoco in un hotel di lusso. Ogni tanto, per incontri con delegazioni straniere, lo chiamavano al numero 10 di Downing Street e lui, raccontando, non stava nella pelle. Poi la Sardegna. Cinque anni sotto la Torre dell'Elefante. Rientra a Caracas, prima tappa a Genova, il bastimento è il Marco Polo. Dopo tredici giorni il siciliano vai e torna rimette piede nel Paese delle Cordigliere.

Io mi trovo veramente bene, scrivo ogni tanto a casa e da casa mi scrivono quanto succede in paese di bello e di brutto. A Maracay mi diverto. Riesco a costruirmi anche una casa, in una cittadina che si chiama Mariara, nello Stato del Carabobo. Compro da un sardo detto Ligas, di Oristano, il negozio si chiama Concretera, vende materiali da costruzione. Per oggetti di carpintería e mueblería c'era il negozio di Emilia y Venecia, erano di Treviso, due sorelle giovani e affascinanti, erano al 39 di Calle Bolívar. Mi facevano prezzi buoni, in quattro mesi finisco i lavori.

Mi sento meglio e fortunato con casa di proprietà. Lo scrivo a mamma e ai fratelli, aggiungo che nei giorni di festa vado nella sale da ballo, pranzi e cene. Mi invitano ai matrimoni, mi sento corteggiato perché ballo bene il tango. Ballo anche il joropo che tango vero e proprio non è, perché dicono sia musica scatenata dei Llanos, tra il mare Caraibico e la Guyana a sud. Per carnevale vinco una gara podistica e mi regalano una targa. C'era scritto: *Al campeón de marcha Pedrito de Cerdeña*. Targa appesa in camera da letto la stessa sera della vittoria.

Guadagno bene, mando soldi anche a casa, scrivo che il padrone mi tratta sempre come un figlio e che spesso sto con la sua famiglia. Scrivo a mio fratello Lino, usavo la carta e le buste del Banco Italo-Venezolano di Maracay:

«Ti regalo un cinto. E ti manderò un po' di dollari così potrai acquistare le scarpettine ai bambini, posso immaginare il freddo che avrai in Sardegna.»

La corrispondenza partiva e arrivava con i Correos de Venezuela. Il 22 luglio del 1957 posso mandare a casa cinquemila dollari ai nipoti Angelo e duemila per Umberto e aggiungo: «Se verrà promosso ne avrà il doppio».

E sto di lusso con i miei amici che spesso mi portano a cena da loro conoscenti. Alle tre di notte posso ascoltare la radio italiana con le canzoni di Renato Carosone, Nilla Pizzi, Luciano Taioli. Un amico di Marina di Camerota, paesino del Salernitano, andava pazzo per Claudio Villa cantando fisso a squarciagola *Cancello chiuso* con "una villa piccolina dallo stile liberty" e *Mamma son tanto felice*. Si chiamava Gennaro Troccoli, aveva un negozio di quelli grandi detti *abastos*. Gennaro aveva altri parenti commercianti a Caracas nella zona del porto di La Guaira. Molte clienti lo avevano eletto a loro commerciante di fiducia. Lo chiamavano alla napoletana, Gennariello.

Ma guai a parlare di politica. Mando una lettera a un compagno di lavoro che si era trasferito in Italia, a Isernia, Gerolamo Petroselli. Gli scrivo: «Qui si sta bene solo al lavoro ma fuori c'è molto malumore, la vita è peggio di essere in prima linea al fronte o al campo di battaglia. Chi protesta per la fame o le cure mediche viene massacrato con nerbi di bue e altri sfregi corporali.»

Ma ci si mette di mezzo il diavolo. Il signor Mormino e la moglie - è la Pasqua del 1959 - dalla loro casa di Calle Diego De Tovar, danno un bacio ai figli Maria Cristina, Francesco e Anna perché vanno a una festa da amici proprio a Mariara, la città dove avevo costruito casa. Mormino è in macchina con la moglie, la signora Anna Mascarella, una macchina bellissima, da veri signori, una Dodge Challenger bordeaux, sempre lucida. Chiacchierano felici. A chi li ha invitati portano in dono un mazzo di fiori e un dolce di papaya detto *de lechosa*. Mormino sta cantando *Nel blu dipinto di blu* di Modugno. La moglie, come sempre, canticchia *L'ombra* di Gorni Kramer. All'improvviso lo scontro violento con un camion a San Juan de los Morros. Muore sul colpo lui, muore sul colpo la moglie. In lacrime mi racconta tutto Vicente. Vedevamo il mondo crollarci addosso. Tutti gli operai della Zapatera Industria Mormino Giuseppe presenti al funerale con la tuta azzurra della fabbrica, i figli, gli amici, i clienti, tanta gente che gli voleva bene e che abbracciano la figlia Anna che aveva un marito sardo, Giuseppe Mura.

La fabbrica passa ai figli ma la ruota non gira più come prima. Nessuno è in grado di pensare alle materie prime, scegliere i fornitori, tenere rapporti con i commercianti di scarpe e non solo in Venezuela, perché la Zapatera Industria Mormino vendeva in quasi tutta l'America Latina, moltissimo in Uruguay. Butta male. La situazione politica è sempre incerta. Dopo un po' i figli devono decidere di vendere tutto, lavorano prima sotto padrone poi da liberi professionisti. Anche io potrei continuare a lavorare qui, ma non mi va, per me Mormino non era il padrone che sfrutta i suoi dipendenti, vi ripeto che era un secondo padre. Notti e notti a pensare, senza chiudere occhio, proprio non dormo. Vicente sempre a singhiozzare. Mi chiede, lacrime agli occhi: por qué? por qué?

Episodio 3

Da Montevideo a Caprera

Pedrito legge i giornali venezuelani in una terrazzina della bottega Mormino (foto: Fami-
glia Pietro Demontis - Perdasdefogu).

Il primo a lasciare la fabbrica del signor Mormino era stato un ragazzo di Caracas, Aníbal Ortega, mio coetaneo, classe 1931. Specializzato in scarpe femminili per danza classica, era tra gli autisti preferiti dal nostro padrone. Educato col capo, gentilissimo e disponibile con noi. Si trovava bene nel grande laboratorio di scarpe e pellami di Maracay. Ma quell'incidente di San Juan de los Morros lo aveva sconvolto, durante i funerali singhiozzava pregando.

Aveva genitori anziani e malati, entrambi allettati, la sorella Miranda, sofferente di depressione maggiore, passava i giorni vagando per strade, piazze e inutilmente tra medici, psicologi e ospedali psichiatrici. I soldi che Aníbal spediva non bastavano. A me e Vicente dice che tornerà a casa, un po' di bolívares e dollari li aveva messi da parte, avrebbe venduto la casetta costruita a venti passi dalla mia, l'aveva chiamata El Ciclamen e l'aveva dipinta proprio in color ciclamino perché "es la flor favorita de mamá". Avrebbe lavorato nella capitale, nella città dov'era nato, "tengo muchos amigos, casi seguro trabajaré en el puerto, en La Guaira, ahí se gana bien". Gli diciamo che è una decisione giusta, opportuna, doverosa e propone:

– Pedrito e Vicente, ¿vienen conmigo a casa?

– Con mucho gusto, – risponde Vicente.

Cento chilometri o qualcosa di più, passiamo per La Victoria, Los Teques. Aníbal felice di rientrare in famiglia, noi tristi per perdere un amico. Risento cose che io avevo già sentito nei giorni di galera nel lager di Maracay, e cioè che il padre Alirio era stato massacrato dalla Seguridad Nacional dopo aver gridato "asesino de Jiménez", aveva passato due giorni e due notti in carcere senza bere neanche un sorso d'acqua, gli avevano messo ferri roventi sui testicoli e sui capezzoli. E da allora, già zoppicante per un infortunio in un cantiere edile, i suoi guai fisici erano peggiorati. A un suo zio, Isaias, una tortura più atroce, mortale, di cui ero stato testimone diretto quando ero stato arrestato con Vicente per quel maledetto pacchetto di sigarette: la vena giugulare recisa con un rasoio da barbiere da un poliziotto giovanissimo.

Ecco le prime insegne di Caracas, tanta gente, tante macchine, tanti ragazzini seminudi per strada. Aníbal ci dice una cosa che succede in tutto il mondo: quartieri eleganti e rioni di miseria nera. I ricchi ad Alto Prado, Las Mercedes, Prados de l'Este, i poveri vegetano verso Catia, El Sementero, San Martin e Monte Piedad. Arriviamo alla casa di Aníbal. È a due piani, palazzina modesta, ordinata e pulita come è possibile in quelle condizioni familiari. Lo lasciamo con i suoi, ci raggiungerà al museo di Bolívar, noi andiamo verso il centro storico della città, entriamo nella Cuadra Bolívar dove Simón aveva vissuto da bambino e da ragazzo. Quante emozioni, penso a Giuseppe Garibaldi, c'è anche un altro museo dedicato a Simón. Quando è sera avanzata, ci raggiunge Aníbal e ci porta al Centro Italo-Venezuelano. Anche qui tanta, tanta gente, chiasso infernale, molte coppie ballano la tarantella, sentiamo soprattutto parlate e canzoni napoletane. Si avvicina un ragazzo, Antonio, ci chiede da dove veniamo, Vicente gli dice di essere di Maracay, io dell'Italia.

Mi si apre un nuovo mondo, mi sembra di essere a una festa di una delle tante sagre nella mia isola, gente semplice, simpatica, festoni e bandiere italiane, un grande quadro del Vesuvio, Antonio ci presenta i genitori che ci invitano a cena, si chiamano Domenico Troccoli e Maria Coppola, ci sono altri due figli, Giuseppe e Rosa. Una bella tavolata, allegra. Mi sembra di essere a Perdasdefogu nei giorni della festa del forestiero e in quelli della festa grande del Salvatore, ospitalità sincera, spontanea. Domenico parla del suo paese, Camerota, in provincia di Salerno, bel mare sul Tirreno e belle colline verso le borgate di Licusati, Lentiscosa e Marina. Racconta di un altro paese vicino, Roccagloriosa e della sua frazione Acquavena, dove dall'Ottocento uomini e donne partivano in massa per il Sudamerica in cerca di lavoro. Ascoltiamo in silenzio e con interesse. E con qualche risata. Domenico Troccoli è un libro di storia italiana dell'emigrazione, soprattutto di quella delle regioni del Meridione. Parla di Campania, Lucania e Calabria, di un Salvatore Borrelli con moglie e otto figli al seguito, e tutti avevano messo casa a Buenos Aires. Anche lui, in Italia, a Roccagloriosa, dove mandava avanti una filanda, non aveva più fatto ritorno. Solo una figlia dei Borrelli si era trasferita in Sardegna per fare la sarta a Iglesias e qui aveva sposato un ingegnere minerario. Anche altre famiglie salernitane si erano fermate in Argentina. Da un villaggio del Supramonte della Sardegna più interna, Urzulei, erano partiti in quattro: Salvatore Cabras mai tornato al suo paese e Giovanni Cabiddu noto Ciccu, Armando Cavia e Antonio Secci che dopo tre anni si erano stufati ed erano rientrati dov'erano nati. Troccoli aveva raccontato che nel viaggio d'andata aveva legato con un cagliaritano di nome Efisio Agus Macis, ma tutti lo chiamavano SetteMaterassi, numero in difetto delle donne con le quali diceva di essere stato sotto e sopra le lenzuola nelle case nobiliari del Castello attorno alla Torre dell'Elefante. Al gruppo sardo-campano, in quel viaggio in nave, si era accodato un tale, Antonio Piroddi, di Lanusei. Era un artigiano delle pipe che costruiva con le sue mani utilizzando le radici di erica. Lui di soprannome faceva ProntoSempre, quindi un collega pari grado di quello dei materassi. Tutte storie che a bordo di un bastimento ti rendono meno noiosa la traversata.

Ogni giorno il tema dominante degli incontri tra maschi era quello delle conquiste femminili, vere e inventate. Dall'Italia emigravano soprattutto i maschi che non erano partiti per fare la guerra e morire al confine con l'Austria o la Jugoslavia. Dalle isole Eolie - aveva raccontato un sacerdote - partivano soprattutto le donne: da Filicudi e da Panarea puntavano verso l'Australia. Da altri paesi del Cilento alcune famiglie si dirigevano in Colombia, più di centomila in Uruguay richiamati anche dalle avventure di Giuseppe Garibaldi. Il meridione, già povero economicamente, si svuotava.

Proprio in Uruguay, per raggiungere altri parenti, va un trisnonno dei Troccoli di Camerota, Pietro. Nel 1879 è a Montevideo, lavora in un cantiere navale con un calabrese, capitano della marina inglese, Vincenzo Fondacaro che desiderava fare la traversata dell'Oceano con un altro compagno, Orlando Grassoni. L'impresa non andò in porto. Molti restroscena rimbalzano sulla stampa uruguayana e italiana. Troccoli diventa un mito perché la traversata la fa, nel 1881, e conoscerà Garibaldi in Sardegna. Per lui era una leggenda, anzi "un santo rosso". Muore a Montevideo il 12 agosto 1939, la notizia viene pubblicata a pagina 7 del *Corriere della Sera*. Durante la cena è Domenico Troccoli a mostrare l'articolo.

La morte a Montevideo

di un vecchio navigatore italiano

Montevideo 12 agosto.

Tutti gli italiani residenti nell'Uruguay sono in lutto per la morte del connazionale Pietro Troccoli, l'audacissimo marinaio che, a bordo di una nave a vela di 300 tonnellate, il *Leone di Caprera*, dalle rive del Plata, raggiunse, nel 1881, l'isola di Caprera per portare a Giuseppe Garibaldi il memore saluto dell'Uruguay.

Pietro Troccoli, che aveva a compagni Vincenzo Fondacaro e Orlando Grassoni, per raccogliere gli aiuti necessari all'impresa, aveva collocato per alcuni giorni, nel centro della capitale uruguayana, la sua piccola nave. Il progetto era stato giudicato pazzesco e non ottenne né aiuti né incoraggiamenti. Ma i tre navigatori non si scoraggiarono e il 3 ottobre del 1880 dalle acque di Montevideo lanciarono il *Leone di Caprera* nell'Atlantico, affrontando l'Oceano tempestoso legati agli alberi della nave per evitare di essere travolti dai colpi di mare.

Il 2 febbraio del 1881, dopo mille peripezie e pericoli, sfidando la fame e la sete, l'ardito equipaggio entrò nelle acque di Malaga. Qui il Fondacaro e il Grassoni, esauriti dalle fatiche e dagli stenti, rinunciarono a continuare il viaggio. E allora il Troccoli, da solo, riprese la navigazione, giungendo a Caprera ai primi di marzo, salutato da Garibaldi quale «messaggero della terra uruguayana», per la quale l'Eroe aveva combattuto.

I giornali uruguayani, nei necrologi che dedicano a Pietro Troccoli, descrivono con calore l'audacissima impresa. Il giornale *La Razon* ricorda pure che l'allora Presidente dell'Uruguay, dott. La Torre, ebbe ad offrire ai navigatori italiani un aiuto se sulla nave fosse stata issata la bandiera uruguayana; ma aggiungono che il Troccoli cortesemente ma fermamente si rifiutò, dichiarando che il *Leone di Caprera* doveva avere una sola bandiera: quella d'Italia. Pietro Troccoli aveva 88 anni.

Dell'avventura parla anche *Stampa Sera* di Torino lo stesso giorno del *Corriere*, a pagina 3. Cita i dati anagrafici dei tre protagonisti: «Il Fondacaro aveva allora 37 anni, il Grassoni 36 e il più giovane era il Troccoli che ne aveva 28». E precisa che fu un viaggio pieno di peripezie, di tempeste che distrussero i viveri, «ingoiando le casse dove erano custoditi».

Io Pedrito, Vicente e Aníbal ascoltiamo entusiasti. Dopo le glorie garibaldine e il tuffo nell'arcipelago sardo di La Maddalena, si dipana per ore un racconto con altri protagonisti, nipoti e pronipoti di Domenico Troccoli che nel 1949 prende casa nell'Avenida Venus A-Chevrada Onda, vicino al Parco Los Caobos. Tra i primi a lasciare Marina di Camerota, era stato Diano Stifano, imbianchino di professione. Viene apprezzato, tante richieste, lavora più di dodici ore al giorno. È popolare, inseguito dai clienti, quasi ricercato: Diano pinta muy bien. Camerota si svuota, anche di giovani. A Caracas si crea una nutrita colonia cilentana, arrivano gli Esposito, i D'Onofrio, i Cusati, gli Infante, i Milò, i potenti Fasanaro, tanti altri. Diventano soprattutto commercianti, aprono abastos, negozi bazar con alimentari e drogheria, e bodegas, un po' più modeste, frutta e verdura, ma anche pasta, latte, formaggi, vino Chianti e prosciutti. Vendono arepas, tajadas, riso bianco detto arroz blanco, caraotas negras. Il giornale *La Razon* scriverà: «El sur de Italia está en América del Sur». I Troccoli hanno l'abasto nel quartiere El Conte e una clientela selezionata, sfondano nel commercio. Antonio studia ai Salesiani, elementari e medie, "ottima scuola, ci divertivamo anche giocando molto a pallone e a pallacanestro".

Nel 1968 arriva in Venezuela, e si ferma soprattutto tra Caracas e Maracay, anche il parroco di Marina di Camerota, don Francesco Crispino, professore al liceo di Sapri. Organizza una trasferta intercontinentale per raccogliere fondi: deve costruire la canonica della chiesa di Sant'Alfonso de' Liguori. In due settimane di incontri con i camerotani sudamericani raccoglie tanti soldi. Al Centro Italo-venzuelano in gran festa, una sera di metà luglio, l'aveva definita "la moltiplicazione dei bolívares", concludendo: "Che Dio vi ripaghi con tanta fortuna anche in terra straniera, siamo tutti figli di un unico mondo e nessuno forse può essere definitito straniero, siamo solo uomini e donne in movimento".

Legame forte quello fra il Golfo di Sorrento e la Cordigliera. A Camerota era arrivato, nelle prime settimane di giugno del 1957, lo stesso Rómulo Betancourt prima che fosse costretto all'esilio durante la sanguinaria dittatura di Jiménez. A Caracas, quando governava, aveva un fidatissimo collaboratore di Camerota e di Roccagloriosa, Pasquale Troccoli che, con altri, gli organizzava spesso serate con gli emigrati italiani. Quando arrivò a Marina, Betancourt fu accolto come un eroe, un benefattore e si trattenne una settimana. Con la moglie Carmen Valverde e con le figlie andava spesso al mare e nelle trattorie come un normalissimo turista. Non solo. Con la signora Carmen cresimò anche una bambina, Iolanda, figlia di Pasquale e Giannina Troccoli, una delle famiglie italiane più radicate e conosciute in Venezuela. La notte della cresima "donna Carmen" si fermò a dormire, col marito ex presidente, nella casa della "comare Giannina" e di Pasquale Troccoli definito l'italiano più venezuelano di Caracas.

Quasi un gemellaggio Camerota-Caracas. Qui, negli anni Sessanta sorge un Centro italo-venezuelano, un punto di incontro frequentatissimo. Soprattutto riunioni in allegria. E di santi. Viene costruita una chiesa dedicata a Nuestra Señora de Pompei, in una cappella la statua di San Domenico di Guzmán, patrono di Marina di Camerota.

Era stato il dittatore Jiménez a far arrivare gli italiani "per migliorare la razza" perché "lavorano bene". Sosteneva che i venezuelani erano indios e si era fatto amici molti italiani in anni di fortissima instabilità politica. I militari tutto comandavano, per i ribelli c'erano le celle della Rotunda.

Gli italiani lavorano da matti e guadagnano. I venezuelani no, soprattutto le classi popolari che sono le più numerose. E diventano violente. Sono quotidiani gli assalti agli abastos degli stranieri che non sono amati, dicono: Los italianos nos roban el trabajo. E poi furti in continuazione, molte vetrine vengono sfondate da camion in retromarcia. Un commerciante di Lentiscosa viene ucciso in una di queste prepotenze, si era messo davanti alla porta per evitare la devastazione della sua bottega e il camion lo schiaccia scaraventandolo al muro. La polizia solo raramente interviene sparando ad alzo zero contro la popolazione. Quotidiani i saccheggi alle bancarelle lungo le strade. La situazione politica perdipiù è ribollente. L'economia locale non decolla, l'iniziativa privata quasi non esiste. Il petrolio, soprattutto, continua a essere governato dagli Stati Uniti, qualcuno li definisce maestros en casas ajenas, padroni in casa d'altri. Dettano legge i dittatori, i militari, le torture contro gli oppositori di Acción Democrática sono sempre di una crudeltà mostruosa. La Seguridad Nacional forgiata da Pedro Estrada brucia le sigarette sulle guance e su tutte le parti del corpo di chi si oppone, in qualunque forma. Nei cortili a filo spinato delle carceri facevano camminare gli arrestati sulle ruedas de carro, cerchi di ferro collegati alla corrente elettrica. Soltanto una volta una donna di Barlovento, Eulosja, amata crocerossina che sostituiva i medici e procurava i farmaci, riesce a far desistere gli assalitori di un abasto. Esta es jente buena, sono amigos. Ma chi indica gli italiani come oppositori? Pare che le spedizioni punitive e le segnalazioni su chi colpire venissero organizzate da un negoziante di Montesano, molto amico di Jiménez e nemico acerrimo di Betancourt.

In questo caos molti immigrati risalgono sui transatlantici dell'armatore Costa diretti in Italia per il viaggio di ritorno. Anche Domenico Troccoli. Una prima volta nel 1960, breve permanenza, e due anni dopo con tutta la famiglia rientra in Italia. Le stesse cose faranno gli Esposito, i D'Onofrio, i Cusati, gli Infante, i Milò, i Fasanaro.

Io, Vicente e Aníbal ascoltiamo sgomenti mentre in sala impazzano i ballerini di tango, mazurca e polca. Rientriamo a casa di Aníbal. I genitori dormono, a noi Aníbal dà una cameretta decorosa con due letti e il bagno, lui attende la sorella. Arriva ubriaca dopo le due di notte. Entra nella nostra stanza, si denuda, casca per terra, io l'aiuto a rialzarsi, vorrebbe mettersi nel letto con Vicente che chiama Aníbal. E riporta la sorella in camera sua.

Colazione all'alba perché io e Vicente dobbiamo rientrare a Maracay, nella nostra azienda per gli ultimi giorni di lavoro sudamericano. Aníbal sa che anche io tornerò dai miei genitori in Italia.

– Ma prima di partire torno a trovarti e a salutare i tuoi amici. Quei signori di Camerota sono stati davvero simpatici, sono di quegli italiani che per vivere hanno viaggiato per il mondo. Come me torneranno dove sono nati. Sperando che vada tutto bene.

Episodio 4

L'ingegner Capra e Garibaldi

Orgosolo 1967, tratta da: *Franco Pinna. L'Isola del rimorso. Fotografie in Sardegna 1953-1967*, a cura di Giuseppe Pinna, Imago Edizioni, Nuoro 2004.

Sardegna, costa orientale, giovedì 5 novembre 1953, ore 4/5 circa del pomeriggio. Gli operai hanno appena finito di lavorare nel cantiere della strada statale in costruzione fra Orosei e Dorgali, a est il grande golfo sul Mar Tirreno, a ovest i monti del Gennargentu. Ventun persone, compresi dirigenti e geometri. Tutti in trappola, sequestrati da cinque banditi equipaggiati come uno squadrone della morte, due sbucano da un macchione di lentischio, altri tre da un canneto, armi lunghe, in volto maschere nere. La zona si chiama Sos Furones che in sardo vuol dire "I Ladri", in questo caso nome azzeccato, ladri prima di pecore poi di uomini.

La banda del lentischio blocca e rapisce il proprietario dell'impresa Capra, fra le maggiori in Sardegna e in Italia, si chiama Davide, ingegnere, nato a Quartu Sant'Elena nel febbraio 1889, laurea al Politecnico di Milano. Preso, immobilizzato, bendato e infilato a spintoni come un sacco di patate dentro la cabina di un autocarro 680. Lo guida uno che di cognome fa Muntoni e intima a Capra: – Non muoverti se domani vuoi vedere il sole.

Tra gli ostaggi il geometra Enrico Oggiano e il capocantiere Francesco Loddo. Il trio degli incappucciati, con i mitra spianati, circonda gli operai, età fra i trenta e i cinquant'anni. Assalto riuscito. All'orizzonte il sole comincia a calare tra i contrafforti del Brun-cu Spina di Fonni e, più vicino al teatro dell'assalto, sotto le dolomie del Montalbo di Siniscola.

Davide non è un ostaggio agrosilvopastorale come usa dai primi del secolo fra la torre calcarea di San Giovanni e la punta a triangolo isoscele di Gonare dove da mille anni c'è una chiesa bianca dedicata alla Madonna. Con altri tredici, tra sorelle e fratelli, è tra gli eredi di una famiglia che conta, da libro di storia patria. Tre per tutti: il padre Tukeri e lo zio Amsicora sono tra i fondatori a Cagliari della Vinalcool e dell'Ichnusa che produceva e produce ancora birra. Prima di loro si era imposto all'attenzione di tutti il nonno, Giovambattista Capra-Litzu, imprenditore piemontese innamorato della Sardegna, già da bambino tifoso, poi amico personale e camicia rossa griffata Garibaldi. Poco meno che ventenne, lo aveva raggiunto da volontario a Napoli fuggendo da Cagliari a piedi il 7 settembre 1860 con un amico avventuriero come lui, Antonio Postiglionis, strada per Villasimius, destinazione Capo Carbonara. In una caletta è ormeggiata la barca di un lupo di mare, il vento è favorevole, traversata autunnale tranquilla, approdano dopo tre giorni sotto il Vesuvio. Sanno dove andare, incontrano subito Garibaldi: "Siete due eroi, grazie per essere venuti attraversando il Tirreno." Sempre vicino al Generale, Giovambattista è ragazzo da prima linea, l'Eroe lo vuole con sé quando attraversano con Nino Bixio il Ponte della Valle. Per quasi un anno fissi in trincea. Una mattina Garibaldi fa chiamare Capra-Litzu e gli dice: "Prendi la strada e ora ritorna alla tua Cagliari, tieniti pronto ad ogni mio avviso. Avrò bisogno di te in Sardegna. E ti dico una cosa: sei promosso tenente." Il giovane sardo esulta, ubbidisce, torna nell'isola ai lavori usati e attende.

Il 25 novembre 1861, alla casa di via Veneto di Cagliari sotto il colle di Buoncammino giunge una lettera firmata proprio dal condottiero della Spedizione dei Mille. Arriva da Caprera. Giovambattista la apre e non sta nella pelle. La firma è proprio la sua, di Giuseppe Garibaldi, un mese prima era col Re all'incontro-mito di Teano. Convenevoli epistolari zero. «Fammi avere a Caprera cinquecento viti di Malvasia». Detto fatto. Viti cercate e selezionate, dopo una settimana recapitate nell'isolotto del mare nella Gallura del Nord, il tenente garibaldino sardo ha trovato il meglio che possa offrire il Campidano di Cagliari, 250 vitigni doc di Monserrato allora Paulis presi nelle tenuta dei Pili e gli altri 250, sempre doc, di Quartu Sant'Elena, tenuta Ibba. Segue uno scambio di cortesie georgico-religiose: Vittoria Viganico, moglie di Giovambattista, è incinta. Lei vorrebbe che Garibaldi battezzasse il figlio o la figlia che stanno per nascere. Il garibaldino di Cagliari, innamoratissimo della moglie, osa. Il Generale, con un calesse, fa arrivare a Caprera da La Maddalena il notaio Gerolamo Sircana che autorizza e firma «dietro delega ufficiale del generale Giuseppe Garibaldi, avanti a me notaro in La Maddalena, la procura di padrino per il battesimo in Cagliari del nascituro o della nascitura figlia dei consorti Capra Giovambattista e Viganico Vittoria. La presente procura è fatta in favore del commerciante di Cagliari Enrico Serpieri». Il documento notarile è già nelle mani di Giovambattista.

– Grazie, compare-Generale, – dice Giovambattista.

– Grazie, compare-Tenente Capra-Litzu, – risponde Garibaldi.

Giovambattista rientra a Cagliari. Dice alla moglie: – Il Generale è nostro compare. – E giù due bicchierini di malvasia.

A fine gennaio nasce Immacolata. La chiesa è quella dell'Annunziata di Cagliari. Serpieri veste un papillon blu su camicia bianca, gemelli in oro ai polsi. Tiene in braccio Immacolata. Candele accese, aspersori, *Ego te baptizo* e ancora *Accipe vestem candidam*. Enrico Serpieri, padrino ufficiale di Immacolata Capra, è lì per conto dell'Eroe dei Due Mondi. Il prete officiante non sta nella sua tonaca, si sente come un Cardinale. Parenti e invitati rientrano a casa. Tra il Colle di Buon Cammino e la necropoli punica di Tuvixeddu è festa grande. Il nome di Garibaldi rimbalza dal Duomo del Castello della nobiltà cagliaritana fino alle strade popolari e alle chiese della Marina e di Stampace.

Restiamo in Sardegna, duecento chilometri più a nord della città con le Torri Bianche. Nessuno degli operai di Orosei conosce queste glorie. Non ne sa nulla neanche Lillino Demontis, fratello maggiore di Pedrito, di dieci anni più grande dell'emigrato volontario in Venezuela. Lillino scrive le sue memorie (*Come eravamo 90 anni fa*), le arricchisce con foto e ritagli di giornali, ha studiato ai salesiani di Lanusei con un direttore pure lui piemontese, don Giuseppe Perino, era uno di quei preti di don Bosco che dalla fine dell'Ottocento avevano spezzato l'isolamento culturale dell'Ogliastra e del Nuorese che contava 67 analfabeti su cento. Lillino è promosso con voti alti in terza media, era quasi una laurea, non ha i soldi per potersi diplomare ma sa di chimica e minerali, conosce zinco e galena, rame e ferro, analizza l'antracite "pura" delle gallerie del suo paese, sotto Santoru. I capi sono torinesi pure loro, come i Capra, titolari anche della ditta Ferriere Piemontesi. A Perdasdefogu avevano trentadue dipendenti. Le donne, anche bambine, lavavano i minerali, cernitrici le chiamavano, ci sono anche le sorelle di Lillino e Pedrito, Giuseppina e Giovanna. Lillino spiega ai compagni e in famiglia che "l'antracite è un carbone del paleozoico con un altissimo potere calorifero". Quando rientra dalla miniera, all'ora di cena racconta di ere e di età del mondo, manco fosse un geologo. Dice che "nelle pareti della galleria della Piscina Grande si nota la barriera corallina, milioni di anni fa tutta la zona del fiume era sotto l'acqua". Fratelli e sorelle lo invidiano, in casa è il più bravo a leggere e scrivere, e pure in bella calligrafia. In un tema, quinta elementare col maestro Costanzo Satta giunto a Foghesu da Nùoro, c'erano queste frasi: «La notte in paese è silenziosa come un cimitero» e più avanti «Mi fa paura solo la fame». Una volta, con penna a pennino d'inchiostro Gnocchi, aveva scritto: «Credo che Adamo ed Eva abbiano mangiato la mela sotto le cascate di Luesu oppure tra i laghetti di acqua blu del Bollitoio circondati di capelvenere ed euforbia».

Lillino - nato Linuccio - lavorava sempre e ovunque: nel paese dov'era nato nel 1926 comincia da scolaro-capraro-porcaro, a Cagliari pescatore e commerciante, vende anche carbone che compra dai rivenditori che lo portano dall'Abetone, nelle miniere di San

Vito analista dei campioni d'antimonio, ancora a Cagliari per un corso di dattilografo, nelle imprese edili magazziniere, ragioniere ma senza titolo, operaio promosso capocantiere. Anche calzolaio se c'era bisogno. Carpentiere, zona Villagrande, dove costruiscono la grande diga del Flumendosa sotto Punta La Marmora e il bosco di Selène con le tombe dei giganti.

Ha la qualifica di operaio semplice quando diventa tra i protagonisti e i testimoni di uno dei sequestri di persona più clamorosi in Sardegna, tra i primi del dopoguerra con ostaggio giunto dal Campidano di Cagliari. Non c'è ancora l'Anonima Sequestri che aveva registi talora in colletto bianco e carcerieri spietati, chi a velluto e fustagno Visconti di Modrone, chi a gambali usciti dalle botteghe sarde da calzolaio-sabateri. È Lillino a scrivere nelle sue memorie:

«Quei tre uomini mascherati ci dicono: sdraiatevi per terra, faccia e pancia in giù, state zitti o sentite subito il suono delle canne dei fucili, vi ficchiamo le pallottole in testa, anche mitra abbiamo. Ci perquisiscono uno ad uno, a un compagno portano via un coltello lama lunga e punta fine. Poi dicono: non vi facciamo nulla se ubbidite, ci interessa il vostro padrone, già ne ha di soldi, milioni vogliamo. Cinquanta milioni. E anche subito. Uno di noi, il più anziano, Bastianino che chiamavamo Giobbe, gli risponde:

– Non fatevi illusioni, è già molto se potrà darvi qualche centinaio di biglietti da mille.

– E l'altro: veramente volevamo sequestrare il figlio Nenne.

– Meglio per lui. Nenne se l'è scampata.

L'ingegnere è nella cabina di un altro autocarro. Un bandito urla: "Adesso alzatevi, salite nel cassone del secondo camioncino". Saliamo. Tremando e a bocca cucita col cuore che batteva come le campane. Ci legano polsi e braccia a fune. "Non voltatevi".

Fanno scendere l'ingegnere, lo intravedo in mezzo alla macchia mediterranea, non so se c'è anche un cavallo, lo tengono in due, sentiamo i passi e quel rumore di rami spezzati quando si struscia tra i cespugli. Da lontano sentiamo anche una fucilata. Noi fermi sempre sull'altro cassone, un bandito ci slega.

– Adesso scendete e non dite nulla.

Si gira e mi chiede:

– Come ti chiami?

– Carabiniere o poliziotto sei?

– Ti ho detto come ti chiami. O vuoi un calcio di mitra in testa?

– Demontis Lino mi chiamo. E tu?

– Non fare lo stronzo se vuoi tornare vivo a casa tua. Col vostro padrone ne abbiamo preso altri tre, li liberiamo di notte. Liberiamo il padrone quando ci portano i soldi. Milioni vogliamo e biglietti da diecimila uno sull'altro. Abbiamo spie a Orosei e anche a Dorgali, se parlate finite sottoterra.»

È già buio. Bisogna tornare a casa, gli operai si mettono in strada, parlano sottovoce. Chilometri da fare ce ne sono. Resta zitto solo Bastianino detto Giobbe che temeva di essere ucciso mentre era ancora a faccia in terra e braccia legate.

– Soldi i Capra non ne sganciano.

– Se non vogliono il morto, già li tirano fuori prima o poi.

– E intanto noi restiamo senza lavoro.

– E chissà se ci pagano per il lavoro fatto.

– Volevano prendersi il figlio Nenne, quello che viaggia in Mercedes.

– Perché? A te l'hanno detto?

– Stronzo.

– In paese dicevano che i Capra ricevevano lettere minatorie. Tante. E non solo dalla Sardegna.

– Pare che una volta, quando lavorava nel Sarrabus di Muravera, all'ingegnere abbiano scritto: Tornatene a Cagliari o in Piemonte, questa non è terra tua.

– Ma quelli però non parlavano in nuorese.

– E neanche in orgolese o dialetto di Baronia.

– Per me non è cosa pensata in Sardegna.

– Mi raccomando, cercate sempre scuse, saranno venuti da Milano o da Torino, state tranquilli che è cosa nostra, roba sarda è. Lo avevano già derubato una volta a Monte Acuto, dopo L'arco dell'Angelo strada Burcei. A Capra lo porteranno in Supramonte, basta decidere tra Funtana Bona, Osposidda, Morgogliai, già ce ne sono di grotte. O anche a Lenardeddu. Scelgono Manifili, zona Bentosu dominata dal laghetto di acqua perenne a Padru.

Camminando nel buio, gli scampati al sequestro passano davanti alla chiesa campestre di Babbu Mannu, superano la cantoniera di Matteotto rifugio sicuro per banditi ma anche per amanti senza casa, le cave di marmo di Oroè che sono l'oro di Orosei, guadano il torrente Peddutha, quello con trote e anguille e ci vedi anche gli aironi. Il campanile della parrocchia di San Giacomo, Lino arriva a casa sua, rione Putzu Idda, il pozzo del paese, alle due di notte, strada deserta, alla finestrella della porta d'ingresso lo attende la moglie, Bonaria.

– Questa è l'ora di arrivare?

– Eh! Roba urgente avevo da fare.

– Sempre così dici, che cosa hai fatto tutta la sera, dov'eri, con chi eri? Ti ho chiesto: questa è ora di tornare?

– In cantiere con i compagni ero, che c'erano cose da sistemare e incombenze che non ci aveva detto il padrone e così abbiamo fatto ore di lavoro straordinario.

– Straordinario un corno. Anche una settimana fa sei rientrato a mezzanotte. Dieci ore ero fissa aspettando, e con brutti pensieri. Stavo andando dai carabinieri. Mangiati la minestra adesso.

– Sì, fammi mangiare che ne ho bisogno. Anche un bicchiere di vino nero. E domani dobbiamo essere tutti puntuali alle otto al cantiere di Su Babbu Mannu.

Venerdì 6 novembre. Lillino è all'edicola. *La Nuova Sardegna*, giornale di Sassari, titola:

L'ingegner Capra e un suo geometra sequestrati da malviventi presso Orosei

L'edicolante: – Bella pubblicità per il paese.

Lillino: – Non ci voleva. Buongiorno.

L'edicolante: – Ma lei lavora con Capra, vero? Hanno rilasciato il geometra Oggiano.

Lillino: – Se lo mette il giornale, meglio così. Buongiorno.

Più avanti c'è un'altra edicola. Tanta gente che commenta.

– Questa non è roba di Orosei.

– E neanche di Dorgali.

– Beati voi che siete così sicuri. Per me di Orgosolo sono, in queste cose gli specialisti sono loro. E non da ieri.

– Guarda che a Orgosolo di impresari che potevano disturbare Capra non ce ne sono.

– Già ce ne sono in paesi vicini. Volete che vi faccia qualche nome?

– Tieniti la bocca cucita che fai danno. Ho sentito dire che Capra, dopo preso, l'hanno legato a un cavallo.

– Chi te l'ha detto? Il Gazzettino sardo della Rai?

– Sentito l'ho. E lo sai che ogni parola detta radici ha.

Lillino compra *L'Unione Sarda*, quotidiano di Cagliari. La firma è di un inviato di punta, Vittorino Fiori: «Si ondeggia con un succedersi di notizie di incerta attendibilità con l'avvicendarsi, secondo un ampio moto oscillatorio, di fondate speranze e motivato pessimismo».

Leggendo leggendo, Lillino arriva all'ufficio dell'impresa Capra. Ci sono gli altri compagni. Muti. Giobbe la testa fra le mani, seduto su un sasso. Uno dei dirigenti dice: – Per ora i lavori sono sospesi, vi faremo sapere, potete starvene a casa in attesa di ordini.

Di giorni ne passano tanti. Le voci si rincorrono. Le ipotesi si moltiplicano. I giornali insistono: l'ingegnere ha detto ai suoi carcerieri che può firmare solo lui per prelevare i soldi in banca. Riunioni in Prefettura a Nùoro, viavai di carabinieri e polizia, coprifuoco, dovunque posti di blocco. I giornali confermano: i banditi vogliono 50 milioni. Lillino ritaglia ogni articolo, inserisce tutto nel diario anche se ci vorrebbe un librone come il messale del prete.

Non erano anni tranquilli. Soprattutto in Barbagia. Nel 1952 sono 135 gli omicidi volontari in Sardegna, vendetta segue vendetta, il 25 gennaio a Orgosolo uccidono il segretario comunale Pasquale Soro, sequestri a San Teodoro, Bitti, Fonni, Nùoro, Osidda, Mamoiada, Orune. Il 15 ottobre sempre a Orgosolo viene assassinato il pastore Francesco Antonio Manca. Scriveva Fiori: «Era il tempo in cui in Sardegna si vedevano commettere rapine per un paio di scarpe». L'anno 1953 non è da meno: 129 omicidi volontari. A gennaio campane a morto per il carabiniere Efisio Loria di Senis fulminato nelle campagne di Dòcana. Il primo aprile tocca al superlatitante Pietro Tandeddu. Altri sequestri di persona nei paesi ribollenti del centro Sardegna, ancora a Mamoiada, Bono, Nùoro. Ora c'è il caso Capra. Ma non basta. A Orgosolo, la settimana prima di Natale, massacrano a fucilate la guardia campestre Nicola Moro. E non si fermano neanche nella Notte Santa. Il 24, alla vigilia, ancora un carabiniere - Davide Budroni - ferito a sangue nei pressi della caserma-vedetta di Corr'e Boi, check point tra Barbagia e Ogliastra.

Aria pesante. Molte famiglie di allevatori lasciano il Nuorese, cercano zone più tranquille, le terre promesse sono tra Umbria, Toscana, Lazio e Marche: qui c'è il Montefeltro, lì il Supramonte. Non solo Pedrito fugge da casa per lavorare in Venezuela. Non solo quelli diretti a Torino. A Montalto di Castro, a Tarquinia, a Fermignano, a Urbino sorgono colline di pastori sardi che vogliono fuggire dalle faide e creano aziende che vanno bene. Non solo ovili ma anche caseifici di successo.

In Sardegna butta davvero male. Prefetti, Carabinieri e Questura da Nùoro mandano rapporti allarmanti al Ministero degli Interni. Gli Archivi di Stato li conservano con cura. Denunce inascoltate: «La pubblica sicurezza va peggiorando in modo preoccupante». Non solo sicurezza ma anche sanità. Un medico, il primario oculista del San Francesco di Nùoro, Bachisio Latte (aveva debellato il tracoma in Libia curando personalmente tre figlie del generale Gheddafi) scrive al Prefetto: «Salgono in modo allarmante alcune omeopatie ereditarie, il venti per cento della popolazione è affetta da anemia mediterranea, i valori percentuali di emoglobina sono tra i più bassi in Italia, la malnutrizione colpisce la maggior parte delle famiglie». L'Alto Commissario per la Sardegna: «Improrogabile affrontare il problema della delinquenza perché altissima è la recrudescenza delittuosa dei reati contro le persone e il patrimonio. Nelle caserme di Polizia e Arma servono militari in carne ed ossa ma anche copertoni per le macchine, camere d'aria, lampade, non possiamo assegnare né auto né motociclette, non è possibile prestare servizio di notte e col freddo invernale, militari scarsamente coperti e con calzature rotte». Un'altra lettera, raccomandata urgente, del Prefetto di Nùoro al Viminale datata 10 luglio 1950: «Quattro omicidi nel solo aprile riflettono una mentalità di auto-giustizia eliminabile soltanto attraverso una decisa e radicale opera di educazione connessa alle condizioni generali di vita mentre constatiamo un incrudelimento dei sequestri di persona, degli assassinii e delle estorsioni. Servono caserme, ma sono più necessarie le scuole. Urgono drastiche e immediate proposte. La gente vive nel terrore».

Il sequestro dell'ingegnere - il sesto del 1953 solo nel circondario di Nùoro - si conclude in tragedia il 26 novembre. Il teatro di guerra è ancora una volta il Supramonte: una squadriglia di carabinieri segue un emissario della famiglia Capra, pare fosse uno dei dipendenti. I militari conoscono bene la zona, ogni anfratto di Malinzilli, qui si avvicinano a una capanna dove dovrebbe essere tenuto l'ostaggio. La boscaglia è fitta di lentischi, ginepri, corbezzoli, lecci, olivastri, erica, euforbia. Chi apre il fuoco per primo? Premono i grilletti sia banditi che carabinieri. E i complici che hanno battuto in ritirata? Tra loro c'era qualche latitante più temerario del giovane Succu? In mezzo a quella santabarbara, Capra resta ucciso. Lo trovano vicino a una tenda color cachi, il volto sfregiato, a fianco a lui il corpo insanguinato del bandito che lo custodiva, Emiliano Succu, al braccio destro la cintura di un mitra Beretta tipo corto, nuovo di zecca, in testa un fazzoletto bianco, indossa una giubba americana con pelli d'agnello, era il gregario del più noto fuorilegge Pasquale Tandeddu, quello che, secondo le forze dell'ordine, riesce a fuggire. Davanti alla capanna un cane bianco e nero guaisce, all'interno i carabinieri trovano un flacone di Coramina e uno spiedo di legno con carne infilata. Il 27 gennaio, spalla di prima pagina, *L'Unione Sarda* titola:

Ucciso nella foresta di Funtana Bona
Davide Capra assassinato
dai banditi durante un conflitto

La Sardegna è sotto choc. I funerali a Cagliari domenica 29 novembre, basilica di Bonaria. In un diario, la figlia più piccola dell'ingegnere, Alessandra, annota: «Nello stesso giorno si sarebbero dovute celebrare le nozze del figlio maggiore Nenne con Minnì».

Ha le fitte al cuore anche Orgosolo, anche di domenica, è una condanna sentirsi definire di nuovo «la centrale del delitto» o «il paese dei banditi». I due morti - ostaggio e carceriere - questa volta pesano più che in altre tragedie. Anche le reazioni sono diverse. *L'Unione Sarda*, con Angelo Demurtas, riporta le frasi sussurrate dalle donne davanti a casa della mamma del bandito ucciso: «Non siamo stati noi». Sul settimanale *Oggi* Luigi Cavicchioli scrive: «I banditi non fanno che eseguire i piani meticolosamente preparati da altri. Chi sono questi personaggi occulti che proteggono e nello stesso tempo sfruttano i banditi? Un orgolese ci ha detto: C'è gente a Nùoro che non ha un'industria, che non coltiva campi, che non alleva pecore». Sempre Cavicchioli: «Un'altra ipotesi sul mandante del sequestro indicherebbe qualche imprenditore edile che mirava a subentrare all'Impresa Davide Capra nell'assegnazione del prestigioso e remunerativo appalto per la costruzione del prolungamento della Strada Statale 125 e della Trasversale Sarda 129». Le voci della piazza non sono molto diverse: Capra dava fastidio in Sardegna ma anche in Continente.

C'è un colpo di scena: la vedova dell'ingegnere, la signora Adelina Fumagalli, va dal Questore di Nùoro: «So bene che niente può restituirmi mio marito. Vorrei solo questo: che il suo sangue potesse ridare la bontà agli uomini e che, dopo il suo, altro sangue non macchiasse questa terra».

Passano alcuni anni. Sbucano alcuni documenti e parlano pure chiaro. Familiari diretti di Davide Capra ottengono a Roma un colloquio al Ministero dei lavori pubblici e all'Anas. Chiedono perché, alla ditta Capra, non siano più giunte offerte di appalti in Sardegna e nel resto d'Italia. Vengono fatti controlli. Dopo un mese la risposta di un direttore generale con ufficio a Piazza San Silvestro: «La ditta Capra è stata invitata più volte e risulta che abbiano vinto anche tre gare». I misteri si decuplicano.

Si ritorna a quel terribile autunno del 1953. Dopo la messa nella Basilica di Bonaria, funerali anche a Orgosolo, nella chiesa bianca del cimitero di San Pietro. Dopo il seppellimento, Angelo Demurtas (*L'Unione Sarda*) va a casa della mamma dell'ucciso, Grazia Monni:

«Siede nell'angolo più remoto e oscuro della vasta cucina accanto a un grande camino. Rimangono, già velate dalla penombra, poche brace, il chiarore incerto rivela il pallido volto delle donne più giovani. La mamma mi fa sedere accanto a lei: che volete? Emilianeddu è morto ed io dovevo, devo piangere, piangere per lui e per il dolore di quella povera vedova, di quei poveri dieci figli. Sono tanti e io so bene che cosa voglia dire perdere un marito».

Una donna in costume si avvicina al giornalista e gli dice:

«Lo zio di Milianeddu, l'onorevole democristiano Antonio Monni, senatore per tre legislature, aveva procurato al giovane bandito un posto nel Lazio con uno stipendio di 60 mila lire al mese».

Scattano ancora nuove domande. Era successo per altre tragedie? No. È successo per altri sequestri chiaramente griffati Supramonte? No. Perché per Capra sì? Perché la foto dell'ingegnere ucciso resta nel luogo del delitto? Perché gli orgolesi scrivono poesie per sottolineare che «dove Davide è morto c'è una croce con fiori, con una lumino acceso»?

Il 3 dicembre è ancora Demurtas, in un articolo di spalla (*Nel mondo segreto dei pastori di Orgosolo*) a raccontare l'arrivo di una delle tante commissioni di inchiesta:

«Quando saranno attuate riforme sociali, quando la scuola sarà garantita a tutti, il nome di Orgosolo perderà le risonanze tetre che ora gli si connettono e diventerà un quieto paese immerso nella confortante vastità di pingui pascoli e di campi produttivi».

Un sindaco, allora giovane professore di Lettere, dirà: – Chissà se Dio leggerà Demurtas.

Quello di Orgosolo non era certo un paradiso rupestre di ciclamini, del tutto particolare anche per il resto della Sardegna, perfino nel Nuorese dove, più che il brigantaggio, soprattutto nel triangolo rosso sangue, potevano fame, isolamento, analfabetismo, legge del taglione, malattie, mortalità neonatale. Orgosolo, ai guai sociali della Sardegna. aggiungeva il suo carico da novanta, quindici anni di disamistade fra il 1903 e il 1917, elenchi di persone da uccidere a caratteri cubitali affissi nei muri delle chiese, delitti a catena, vendette consumate col coltello, faide, assalti alle corriere, bardane, attentati col tritolo, sequestri anche di pastori con poche centinaia di pecore. Odio antico tra le famiglie Cossu-Corraine diventato odio eterno, trasmesso di generazione in generazione. E lo Stato? Semplicemente assente. Assente del tutto. Parlando alla Camera, nei primi anni Cinquanta, l'avvocato deputato sardista Emilio Lussu aveva detto che «La Sardegna è ultima in Europa, del tutto priva della solidarietà nazionale».

Di tutto ciò si era occupato, con scrupolo maggiore di altri, un antropologo di Bari, Franco Cagnetta, filosofo con tesi di laurea su Carlo Marx, cattedra all'università di Messina. Antifascista, aveva diciassette anni quando, il 30 aprile 1943, viene accusato e arrestato dalla polizia di Mussolini per "sovversione". Il reato: aver distribuito volantini di "propaganda libertaria". Un anno dopo l'assassinio di Davide Capra e la morte del bandito Succu, nel numero 10 del settembre-ottobre 1954 su *Nuovi Argomenti* (bimestrale diretto da Alberto Moravia e Alberto Carocci) Cagnetta aveva pubblicato l'*Inchiesta su Orgosolo.* Finì sul tavolo del ministro degli Interni Mario Scelba. Il questore lo voleva far arrestare una seconda volta perché quelle indagini erano «atte a turbare l'ordine pubblico» e costituivano un autentico «vilipendio contro le forze armate». Il volume fu sequestrato e in tutt'Italia divenne clandestino. Dov'era lo scandalo? Nelle parole di Cagnetta, che restò a Orgosolo e parlò a lungo con pastori, con banditi, con chi viveva tra la torre calcarea di San Giovanni e i vigneti di Locoe. Emergeva per la prima volta una lettura controcorrente che non accettava l'equazione: Orgosolo geneticamente votato alla barbarie. Cagnetta aveva sostenuto che «il brigantaggio della regione di Orgosolo, in tutto il diciannovesimo secolo, è esercitato direttamente dalla classe dirigente, proprietari agiati continentali e sardi, preti, funzionari e perfino militari inviati a mantenere l'ordine». Ancora: «La permanenza del banditismo deriva dall'impotenza della struttura moderna, gli Stati succedutisi dai Romani in poi, che usavano solo la forza militare». Fu uno choc. Pietro Nenni, leader socialista, disse: «È la più terrificante inchiesta che sia comparsa negli ultimi sessant'anni». Si andò a processo. Lunedì 4 aprile 1955, Mario Berlinguer, padre di Enrico (futuro segretario del Pci), indossava i panni della difesa. Trionfò la libertà di informazione. L'imputato fu assolto. Prima che diventasse un film con la regia di Vittorio De Seta, il lavoro apparve su *The Times*, *Le Figaro*, in Russia e Cina, in Francia lo pubblicò Buchet-Castel, in Germania Econ Verlag.

Impressionava, scuoteva anche le coscienze tiepide, insinuava molti nuovi misteri quel «brigantaggio esercitato dalla classe dirigente». Non si sa da dove, ma il vento faceva echeggiare una strana voce per strada, per finire nei bar e nelle aule di giustizia di Sassari, Cagliari e Nùoro, e poi sottovoce nei villaggi sotto il Monte Ortobene per infiltrarsi addirittura all'interno della famiglia Capra, a Cagliari e non solo. Anche a Baunei dove avevano vissuto alcuni anni da sfollati. Chi l'ha voluto il sequestro? Quel vento insistente, non si sa se dell'est o dell'ovest, rumoreggiava del bersaglio Davide Capra come «di una scelta telecomandata». Da dove? Dalla sola Sardegna? L'impresa Capra aveva già realizzato tanti lavori, edifici pubblici, ora l'Orientale e Trasversale Sarda tra Cagliari e Olbia con successiva diramazione per Nùoro. C'erano altri appalti ghiotti tra l'Asinara e il Golfo degli Angeli?

Per la «precisione nei progetti» l'Anas additava alle altre imprese «le minuziose relazioni della ditta Capra» e si fidava ciecamente dei rendiconti. Quelli erano, per di più, gli anni del boom economico con la progettazione dell'Autostrada del Sole: Davide Capra stava pensando al salto in grandi opere nazionali? Dava fastidio solo in Sardegna o anche Oltretirreno? Le discussioni si incuneavano tra domande, sospetti e reazioni sociali mai registrate in una comunità bollata, non sempre a torto, come covo di delinquenti sanguinari. Succedeva nella culla natale del giovane latitante ucciso. Anche alcuni comportamenti del lutto paesano sfuggivano del tutto alle regole non scritte del codice della vendetta barbaricina analizzata da giuristi, sociologi e antropologi. A voce sommessa rimbalzavano tanti interrogativi. Perché quando la salma giunse a Orgosolo dalla boscaglia, tante donne silenziose la cosparsero di fiori facendo il segno della croce? Perché gli uomini erano soprattutto muti e a capo chino? Perché, quando si avvicinavano alla bara, mormoravano *No est hosa nostra*: non siamo stati noi? Perché era stata composta quella poesia quasi volesse essere un segno di dolore e un atto riparatore? Perché, insomma, questo pentimento collettivo del tutto inedito, fuori schema, per quanto era successo in campagne eternamente devastate da tante forme di criminalità spietata?

Questo succedeva a Orgosolo dopo la santabarbara nel bosco ma i tormenti rimbalzavano anche sotto l'Ortobene, e non solo nel palazzo di giustizia. Perché - soprattutto - tre grandi nuoresi, due sardisti e uno socialista, Luigi Oggiano, Pietro Mastino e Gonario Pinna, penalisti di grido e politici a livello nazionale, autentici oratori da scuola ateniese, davano molta importanza proprio a quelle quattro parole "Non siamo stati noi" e a rose e garofani portati da donne vestite a lutto come se si trattasse di un loro familiare? Veniva citato un proverbio: *Donzi foza tenet raichinas, toccat a las acattare*, Ogni foglia ha le sue radici, bisogna saperle trovare. Radici superficiali a pelo di terra o profonde? C'era un mandante? Chi? Di dove? Sui giornali e nei discorsi tra case e bar, tra vigne e ovili, si leggeva e si diceva: «il bandito ucciso è stato trovato vicino alla capanna, accanto al cadavere di Capra». Col rosario delle domande ripetute giorno e notte. Doveva essere una prova? Per chi?

Tanti sospetti che non vengono cancellati. E che ritrovano avallo perfino nell'Accademia. Tanti anni dopo, novembre 1996, in un'intervista nella sua casa romana di Trastevere, Cagnetta già settantenne ricordò quell'inchiesta, mostrò una lettera di Alberto Moravia, la stessa che era comparsa come prefazione all'edizione francese del 1963. Ne aveva letto alcuni passi: «... sono stato in Sardegna, sono vissuto durante la guerra tra gente di montagna non tanto diversa, per tenore di vita e mentalità, dai sardi ... Leggendo le sue pagine sugli orgolesi, non ho potuto fare a meno di ricordare quelle di Levy-Strauss sugli Indiani dell'Amazzonia. Anche in *Tristes Tropiques*, il saggio riguardava una popolazione lontanissima nei suoi costumi, dalla vita moderna ... I pastori di Orgosolo sarebbero dunque un relitto etnico dell'epoca neolitica». E più avanti ancora: «Dal contrasto tra questo Stato erede degli altri Stati precedenti, da quello romano a quello spagnolo, altrettanto incomprensivi e altrettanto "moderni", nasce la tragedia di Orgosolo».

Nelle parole dell'antropologo pugliese tornavano i temi affrontati in Sardegna da Antonio Pigliaru, Peppino Fiori. Sul tema si leggevano editoriali bene informati di un avvocato sassarese, Giuseppe Melis Bassu. In Cagnetta si riconoscevano molti circoli culturali giovanili che cominciavano a sorgere nei paesi caldi, compresi in quella che proprio Fiori avrebbe definito «la società del malessere».

Cagnetta chiede a chi lo intervista notizie della Sardegna anni Novanta. Più le delusioni delle speranze. Le ciminiere fumanti della Rinascita pian piano avevano iniziato a spegnersi. Cagnetta aveva detto chiaramente che non sarebbe tornato in Barbagia:

«Avevo incontrato il Coro di Orgosolo in un teatro a Parigi nel 1973 dopo il colpo di Stato in Cile, con gli Inti Illimani c'era anche Peppino Marotto, che uomo. In quel teatro mi sembravano tutti diversi. Avevo detto a Peppino che non erano più né pastori né banditi. E lui sorrise. Non si può tornare nei luoghi dello spirito, forse sarebbe una delusione. Ma continuo a studiare la Sardegna di quegli anni. E ad amare Orgosolo.

Che, come ieri, ha diritto a conoscere una società più giusta».

Cagnetta ha da tempo lasciato l'Italia:

«Sono stato bandito dall'Accademia, non si può far parte della cultura italiana». Nel 1960 è a Zurigo, insegna allo Jung Institute, nel 1962 cattedra ad Harvard, due anni dopo a Rennes e Nancy, poi il Dipartimento di Psicologia sperimentale a Oxford, Parigi e Londra dove si occupa di *Eros e Thanatos* con l'istituto universitario di Warburg.

Alla fine dell'intervista romana, la domanda conclusiva cade sul sequestro Capra. «Rispondo, ma non volentieri. Non vorrei finire di nuovo in tribunale. Io non escludo che quell'ingegnere desse davvero fastidio per altri appalti. E non solo in Sardegna». Ma ripete: «Confermo quanto ho scritto: *Il brigantaggio è esercitato direttamente dalla classe dirigente, proprietari agiati continentali e sardi*».

Tutte queste cose - a dimostrare come le sciagure si accavallano in ogni parte del mondo - finiscono sotto il Natale di quel ribollente 1953 anche in Venezuela.

Lillino, l'operaio della ditta Capra, è tornato a Perdasdefogu, va spesso a Cagliari. Per le Feste manda una lettera a Maracay al fratello piccolo Pedrito Demontis presso l'Industria Zapatera Mormino. In una paginetta, sempre in bella grafia, gli racconta:

«Come stai? Ti devo raccontare una storia. Non mi hanno arrestato e messo in un campo a filo spinato come è successo a te per un pacchetto di sigarette. Ho lavorato da operaio a Orosei per fare la strada statale Orientale Sarda per Dorgali, mi hanno sequestrato con altri 19 compagni ma solo per un paio di terribili ore. Hanno sequestrato anche il mio padrone che poi è stato ucciso. Si chiamava Davide Capra, ingegnere, di Quartu. Cinquanta milioni volevano. È morto anche un bandito, giovane, Emilianeddu Succu si chiamava. Come te, voleva andar via dal suo paese. Gli avevano trovato lavoro nel Lazio, 60mila al mese. Ma è voluto rimanere a Orgosolo. È stato ucciso in un conflitto a fuoco con i carabinieri. Dicono che sia stato lui il primo a sparare quando ha visto i militari. Ma non sono sicuro che sia quella la verità. Uccidono tanta gente in Barbagia. E da te, nell'America dove sei, le cose vanno meglio? Anche lì ammazzano? Un'altra cosa importante. La vedova del mio padrone ucciso è andata a Orgosolo a consolare la mamma del bandito ucciso. Mi hanno detto che una cosa del genere non era mai successa. Nel posto dove Capra è stato trovato hanno messo anche una fotografia, ci sono sempre fiori freschi, un poeta dialettale ha scritto anche una poesia. E tu quando torni in paese? Rispondimi appena puoi. Scrivimi all'indirizzo di Foghesu. Tornerò a lavorare nelle miniere di San Vito. Tu stai attento ai coccodrilli e comportati bene. E se c'è coprifuoco non andare a zonzo. In casa tutti bene, babbo lavora sempre giorno e notte con carne e carrettone, mamma pure, è diventata una locandiera. Giuseppina si è fidanzata a Cagliari con Giordano, l'amico del tuo Mormino. Buon Natale e Buon Anno, e vai in chiesa a cantare *dormi vida e coru*.

Tuo fratello Lillino»

Episodio 5

Max Leopold Wagner arriva a cavallo

Perdasdefogu, Maria Eloisa Carta - tratta da: Max Leopold Wagner, *Viaggio in Sardegn 1925-1927*, introduzione, traduzione e cura di Giovanni Masala Dessì, Giovanni Masala Ve lag, Stoccarda 2023 (© Archivio AIS dell'Atlante Linguistico ed Etnografico dell'Italia della Svizzera meridionale, Berna, foto n. 5065).

La casa dove sono nato, e che avevo lasciato per andarmene nelle Americhe, era "di signori" diceva la gente, un piccolo cortile, tetto di tegole e non di frasche ricoperte da pelli di capra, piano terra, primo e secondo piano con scala di legno. Sul ballatoio anche un angolo-ringhiera con un buco al centro, l'unico "bagno" del paese. Tutti gli abitanti, maschi e femmine, per i loro bisogni, usavano le legnaie sotto casa ma soprattutto l'aperta campagna. Per quei tempi la nostra era casa moderna e comoda, non come i quasi tuguri di tanta povera gente. Ci abitavamo noi e ci dormivano, quando capitava, i pochi forestieri di passaggio. Clienti fissi: qualche medico, l'esattore delle tasse, i poeti estemporanei per la festa di mezzo settembre, l'ispettore delle poste, il direttore didattico di turno. Una volta ci aveva dormito anche un notaio, giunto da Nùoro a cavallo per assegnare le proprietà agli eredi di una famiglia di ricchi possidenti, ricchi soprattutto di invidie reciproche condite con vendette tra le mura di casa. Una settimana ci aveva messo per mettere tutti d'accordo. E se n'era andato carico di soldi.

Anche bottega avevamo. E locanda. A casa mia hanno dormito persone importanti, di fama, e tutti noi, babbo Celestrino, mamma Luisa nota Luisicca, fratelli e sorelle ne eravamo orgogliosi, quasi ci vantavamo: a casa nostra ha dormito un avvocato di Lanusei, una maestra di scuola di Iglesias, il veterinario Carboni che veniva da Armungia col cavallo che era stato del padre di Emilio Lussu, il dottor Gianni Lai in moto da Jerzu, i preti che predicavano per le Quarant'Ore, i torronai di Tonara con calesse, e pure quelli che da Desulo venivano a dorso di mulo a vendere piatti di legno, taglieri, mestoli per la minestra e posate di ferro. Nostro cliente pure qualche pastore di pecore e allevatore di mucche. Per tutti c'era posto. Il bagno col buco era un lusso di quei tempi nel mio villaggio, attirava. E i miei genitori incassavano soldi dai forestieri e non solo dalle carni e dalle patate dell'orto.

La casa aveva sette stanze: in basso la cucina, con caminetto in un angolo e focolare quadrato al centro, una stanza da pranzo detta s'apposentu usata solo se c'era gente di rispetto, un'altra con finestra dove dormivamo noi maschi. Al piano di sopra la camera dell'intimoletto senza finestra di babbo e mamma, e una per le tre sorelle. Poi il secondo piano per noi, si sognava e si russava in mezzo alle patate. I nostri letti erano stuoie fatte di giunco del Flumineddu, di foglie di palma e di canne della Valle del Vento. Solo i genitori dormivano su un letto con rete metallica, materasso di crine e cuscini di piume.

La casa, dipinta di bianco e celeste, con le tegole ben messe da un muratore giunto da Villacidro, era un po' più su delle due chiese, quasi al centro fra la Pietra di Palazzo e il rione delle More di Gelso. Tutte e due le chiese dedicate a San Pietro, il patrono: una a tre navate del Seicento, opera di muratori paesani, copiata da quella preromanica millenaria, in tufo, di San Sebastiano nella parte più alta del paese. L'avevano concepita più ampia perché Foghesu, da cinquecento e passa anni, era cresciuto in popolazione. Verso la fine del

Settecento i foghesini - che sono stati con Prete Càmbula e sono adesso con don Luca sempre molto devoti e generosi - avevano cercato di farne sorgere una ancora più importante, "a navata unica, sul modello neoclassico, con tre cappelle per lato", ci aveva dettato in terza elementare maestro Tito, figlio di Felicino pure lui maestro, ma molto più noto e severo. Per ultimare la chiesa nuova soldi non ce n'erano a sufficienza, avevano innalzato i muri laterali in pietra di porfido, anche l'abside, ma niente tetto, volevano costruire una grande cupola come nelle chiese di città, ma tutti i progetti si erano fermati che soldi non ce n'erano. Di chiesa, con San Sebastiano, era rimasta quella umile ma mistica del seicento, e la chiesa incompiuta veniva utilizzata come stalla, ricovero per gli animali nel rione della Corte dei Buoi. La utilizzavano soprattutto i Tàula, i Mighela, i Demurtas, gli Stocchino, i Piras, i Buttau, allevatori nominati e ricchi che in inverno lasciavano le nevi del Gennargentu e - facendo tappa a Foghesu - venivano a svernare da noi con greggi e mandrie. Una volta la chiesa-stalla era diventata teatro perché da un paese del Campidano di Oristano era venuta una compagnia per una commedia in sardo - *Zeracca e meri*, Serva e padrone - che tanto era piaciuta a tutti. Per la festa di Santa Barbara ci avevano cantato anche due poeti dialettali. Gli allevatori transumanti, fatta passare in chiesa la notte alle bestie, proseguivano verso il mare della costa orientale dove sfocia il fiume grande detto Flumendosa, si fermavano in una zona pianeggiante, Su Pranu, dominata da una montagna a trapezio, Monte Cardiga. Ai lati un geografo-geologo piemontese giramondo, Alberto La Marmora, a metà dell'Ottocento aveva scoperto i nummuliti, pietre piccole, come le medagliette che portano le pie donne, erano fossili a forma di moneta e ne aveva parlato in alcuni libri. In quella zona c'è anche una grotta lunga tre chilometri, con un torrente che corre dall'imbocco dei Pipistrelli all'uscita della Porta delle Spine.

Il forestiero più importante passato da queste parti e a casa mia era stato un tedesco, nome difficile per me e per tutti i paesani, l'avevo imparato da grande, prima di andarmene in Venezuela, si chiamava Max Leopold Wagner, ma per i foghesini - poco abituati a lingue straniere - era Su Tedescu, arrivato a cavallo dalla parte di Escalaplano, studiava i dialetti dei vari paesi dell'isola. So che il cavallo si chiamava Annibale. Io ancora non ero nato. Ma nessuno poteva immaginare che oltre alla storia e alla geografia, alla lingua italiana o alla matematica, alla calligrafia e alla religione, si studiassero i dialetti. "Unu maccu", un pazzo lo avevano bollato in paese, "che cosa ci sarà da studiare se dico *abba* o *tronu*, *sirboni* o *stria*?"

Per scoprire il nostro modo di parlare questo Wagner si era fermato due notti e tre giorni. E così aveva fatto in tanti altri paesi e città della Sardegna. Su Tedescu, vestito sempre a giacca e cravatta, aveva parlato con tanta gente, ne fermava per strada, chiedeva e scriveva. E scattava fotografie. E tutti si sentivano onorati. Su Tedescu m'at chistionau, Il Tedesco mi ha intervistato. Ed era quasi una medaglia. I miei paesani avevano saputo di usare "un dialetto della variante campidanese del sardo".

Era arrivato in primavera, giornata di sole caldo, a metà mattina. I cavalli, per la verità, erano due perché il tedesco si era fatto accompagnare da un aiutante che da Escalaplano doveva fargli strada fino a Jerzu. Babbo Celestrino aveva capito l'importanza di quella visita. In un foglio, che io ho sempre visto sulla credenza, aveva scritto con poco rispetto per grammatica e sintassi: "venerdì 20 magio 1927 a dormitto e mangiatto in questa casa un grande proffessore venuto di Germania, Max Leopold Wagner". Babbo ne era orgoglioso, diceva spesso: Così la gente capisce chi siamo noi.

Tutto il paese aveva saputo in pochi minuti di quell'arrivo. Erano venuti a vedere il forestiero Steverina sorella di prete Leonardo, Matteo il banditore, Lillina che faceva corone di fiori di carta crespa per i morti, Rosaria Alleluja che doveva tenere in ordine la chiesa, anche la priora Crocifissa, Teodoro Senza Sedere falegname, Massimina titolare di un gabellotto dove vendeva tabacco da naso e sigari toscani, tanti bambini e tante bambine, tutti scalzi. Indicavano a dito e urlavano: Su stràngiu, Lo straniero. Dopo la sua partenza, quasi tutti sapevano chi era l'uomo a cavallo ospite di Luisicca: era della Germania, nato a Monaco di Baviera, la mamma era una baronessa austriaca, si chiamava Leopoldine Horn of Rancas. E l'altro uomo? Era di Escalaplano, i foghesini l'avevano capito dalla cadenza e dall'abuso della doppie elle, diceva *scuolla* e *fucille*, ma se ne stava sempre solo. Dormiva nella stalla, con i cavalli.

La bisaccia, sulla sella di Annibale di Wagner, era piena di molte cose, aveva un ombrello, due cappotti, una valigia, anche una macchina fotografica, la prima vista in paese. La bisaccia/bèrtula l'aveva scaricata babbo e portata a casa, nella stanza di sopra riservata ai forestieri. Wagner era stato accolto dalle autorità politiche fasciste: il podestà Depau noto Peppino, suonatore di launeddas e bottegaio di generi alimentari e di un'osteria, si era fatto accompagnare dal suo vice Felicino Mameli, il maestro elementare padre di maestro Tito, Felicino parlava bene e così il paese faceva bella figura.

Letti a Foghesu ne affittava anche Peppina La Candela ma la casa dei Càncius, la nostra, era stata ritenuta dalle autorità più adatta agli ospiti importanti. Perché c'era il buco. E quel Wagner importante era. Vengono a salutarlo, la stessa sera dell'arrivo, anche il parroco don Antonio Follesa col sacrista Anzeleddu, scalzo a piedi neri. Dopo i primi saluti, il podestà era andato a chiamare il medico, il dottor Enrico Luigi Toselli, piemontese classe 1870 e da molti anni a Foghesu dove era "il medico che cura bene e gratis i poveri". Wagner parla a lungo con Toselli che aveva conoscenze in Germania e tra l'altro conosceva bene anche il tedesco. Ciascuno racconta un po' del proprio passato, della propria famiglia, cose di storia europea, più di guerra che di pace, famiglie nobili, di professionisti. I Toselli erano collegati a nomi della medicina svizzera e tedesca, alle vicende politiche dell'Italia, della Francia e dell'Europa dell'Ottocento, a casa dei Toselli passavano Camillo Benso Conte di Cavour, il ministro Agostino Depretis e il suo rivale Giuseppe Zanardelli. Toselli ne parla con orgoglio davanti a tanto ospite. Gli dice che voleva fare il "medico in un paese abbandonato per aiutare la gente povera". Aveva preferito la Sardegna alla Basilicata e alla Calabria ed eccolo a Foghesu dopo essere stato anche in altri paesi sardi. Gli svela che tutti i Toselli "erano innamorati di Garibaldi e del Socialismo nascente". Gli racconta della sua passione per l'archeologia. In una grotta aveva trovato 764 monete puniche coniate tra Cartagine e la Sicilia, ne aveva scoperto altre 242 romane con l'effigie di Astarte dio della guerra, di Tanit che pare fosse una dea madre, una decina di monete avevano simboli astrali. Un tesoro che Toselli gentiluomo aveva consegnato al museo archeologico di Cagliari. Il medico giunto da sotto le Alpi dice a Wagner che quella grotta era forse la tomba di antichi proprietari, addirittura "un Pantheon dei grandi condottieri nuragici". Gli parla delle malattie che mietevano morti in tutt'Italia, in Sardegna c'erano ancora echi dell'epidemia spagnola della prima guerra mondiale, e poi lebbra, rosolia, poliomielite, epatite, tetano. A Foghesu morivano molti bambini al momento della nascita, le mamme di febbri puerperali, gli allevatori anche di carbonchio. Con Toselli arrivano medicine e le cose migliorano.

Dottore e linguista cenano insieme. Wagner dice che ha sempre studiato la nostra lingua, di essere venuto in Sardegna anche due anni prima, di aver fatto tante fotografie, di aver discusso la tesi di dottorato a Würzburg sulla fonetica dei dialetti meridionali dell'isola, a Cagliari-Casteddu, Nùoro-Nùgoro, a Ploaghe-Piaghe, a Bitti-Vitzi, a Fonni-'Onne, a Dorgali-Durgale. E gli interessava visitare anche Perdasdefogu detto Foghesu. Aggiunge di aver viaggiato in Turchia, Inghilterra, Spagna, anche dall'altra parte del mondo, in Messico. Aveva insegnato all'università di Berlino. Gente così istruita non ne era mai arrivata in paese. Per tutti lo straniero era "unu grand'òmini".

Celestrino - sentendo di quelle località anche al di là degli Oceani - si gonfia sempre più d'orgoglio, si sente ancora più importante come se fosse stato lui il viaggiatore infaticabile e il grande studioso. Il vino è buono, è quello delle vigne di Marteddu nella collina delle miniere di rame e ferro. Toselli, dopo l'ultimo sorso, va via a notte fonda. Si rivedranno il giorno dopo, di sabato. Il podestà - in nome del popolo foghesino - organizza una cena di gala paesana in onore de Su Tedescu.

Sabato 21 maggio del 1927 Wagner fa il linguista dalle prime ore del mattino. Parla con tutti, pastori e contadini, commercianti, chiede le stesse cose a maschi e femmine e nota differenze fonetiche, intervista il parroco che veniva dalla zona di Cagliari, da Quartu Sant'Elena per l'esattezza, e annota. Va anche al lavatoio-sciacuadòrgiu dove le donne vanno a fare bucato, a samunài. Tutti e tutte si meravigliano delle domande e ci ridono sopra, chiacchiera a lungo col banditore PiediStorti e col becchino ZappaInsieme.

– Come lo chiamate il seppellimento?

– S'interru.

– Per le condoglianze come dite?

– Passiensia.

– E l'ultimo saluto al morto?

– In sa santa gloria.

– E il ginepro?

– Sinnèburu.

A pranzo un pezzo di pane e formaggio, poi riprende la sua inchiesta, va in alcuni ovili, da Giovanni alla Pietra Bucata, da Alberico-cacciatore con posta sotto la Parete del Capelvenere, da Vittorio detto Pistola dietro il recinto del Corno Lungo. Ad Antonio, guardia campestre detto Antoniccu, confida: "Ho raccolto molto materiale, sono soddisfatto". E tutto il paese sa in un battibaleno che “su stràngiu est cuntentu meda”, è molto felice.

Vicino alla chiesa di San Sebastiano, accompagnato dal maestro Felicino vice podestà, Wagner fa anche il fotografo. Per strada, davanti all'uscio di una casupola, c'è una donna, avanti negli anni, Maria Eloisa di nome, Carta di cognome, la chiamano Malisa, il fuso e la lana grezza nella mano sinistra sollevata, nella destra la conocchia col filo di lana lavorata avvolto sulla rocca. È la lana ottenuta dalla tosatura delle pecore di suo marito Efisio Occhio Solo che ha l'ovile davanti alle cascate di Luesu che in paese chiamano Su Paradisu. Malisa era seduta su un muretto, una gonna nera lunga, nero anche il fazzoletto, una camicia bianca, un bel viso lungo, e forse era anche alta. Babbo mi aveva detto che, per quella fotografia, era successo così. Malisa parlava in sardo, a tradurre ci pensava il maestro vice podestà.

– Buon giorno signora, vorrei farle una fotografia. Sono un professore tedesco.

– No, no, mamma mia. Mai fatta una fotografia. Che vergogna. Non so né leggere né scrivere. Le posso dire solo che sono nata il giorno dei Santi, primo novembre 1845. Tedesco ha detto? E - chiedo perdono - perché è qui?

– Per vedere il suo paese e studiare il vostro modo di parlare, la vostra lingua. Vorrei scattarle una fotografia, lei stia seduta su quel muretto dov'è adesso. È una bella immagine.

– Mamma mia, le ho detto che sono alfabeta, e poi non c'è mio marito, per una cosa così devo chiedere il permesso a lui.

Interviene il vice podestà: – Glielo dico io a Efisio, stai tranquilla. Fai subito quello che ti dice.

– Signorsì, se lo dice lei ubbidisco signor maestro, cosa devo fare signor Tedesco?

– Deve restare com'è, continui a lavorare la lana, tenga bene il fuso e la conocchia, va bene così.

Uno, due, tre, quattro scatti.

– Grazie. Come chiama il fuso, quello che ha nella mano sinistra?

– Su fusu.

– Su fusu o su vusu?

– *Fusu* ho detto.

– E la conocchia con la rocca? Quella che ha nella mano destra?

– Crannuga.

– Crannuga o grannuga? O carnuga?

– Noi la diciamo crannuga, come ho detto. È crannuga anche quella per prendere i fichidindia.

– Grazie, grazie signora Maria Eloisa.

– O Deus meu. Mai nessuno mi aveva chiamato signora, solo *zia* mi dicono o Malisa. Grazie a lei e saluti la sua famiglia. In bon'ora. Vino ne vuole? Già dico tutto a Efisio.

– No, vino no. Per dire marito come dice?

– Pubiddu.

– Pubiddu o pobiddu?

– *Pubiddu*, ho detto.

– Grazie, grazie ancora signora.

– E cuore?

– Su coru.

– Su coru o su coro?

– *Coru* appu nau.

Da lì - con un codazzo di bambini dietro - col vice

podestà in veste di Cicerone, era andato verso la strada che porta alla Fontana del Tuono. Aveva scattato le foto panoramiche del paese dal Cocuzzolo del Cisto perché da lì si vedono bene tutte le case e anche la punta a triangolo del campanile di San Pietro.

– Sono contento di questa mattinata signor Felicino.

– Contento io per lei, professor Wagner. A disposizione. Le ripeto: per noi e per il governo fascista è un grande onore averla tra le nostre povere case.

A fotografie scattate, ciascuno era tornato a casa sua. Il vice podestà nella casa vicino all'ufficio postale di Titino, Wagner nella locanda. Nel cortile di Luisicca c'erano due uomini, a un lato tanta legna, stavano preparando il fuoco per gli arrosti della cena in onore del forestiero. All'ingresso della casa, su ganci d'acciaio, pendevano carni di manzo, capra e agnello. Wagner va nella sua camera, si lava come può, a lavamano e boccale d'acqua, si serve del buco, torna in cucina e pranza da solo perché Celestrino era andato a zappare l'orto, minestrone di patate e bietole con un bicchiere di vino. Poi si mette a scrivere su un quaderno appoggiato a un tavolinetto, scrive per almeno tre ore fino alle cinque quando ritorna il dottor Toselli. Parlano e parlano, ancora Baviera e Piemonte, Germania e Italia, molte guerre e poche paci, dialetti e malattie, vanno in chiesa a sentire i vespri di don Follesa, ora pro nobis e amingèsu, e questo amingèsu era piaciuto molto al tedesco e anche quel latino storpiato da voci di donna, e aveva spiegato al dottore che amingèsu era l'unione di tre parole in latino, Amen in Jesu, ma amingèsu tutt'attaccato era più bello, più devoto, sardo autentico. Impara anche Toselli piemontese. Wagner ritorna a quelle monete puniche e romane.

– Ma c'era una zecca qui vicino? Da dove venivano?

– Non lo so. Una zecca era a quindici chilometri, sulla vetta del Monte Corongiu, quota più di mille metri di altezza. Lì, mi hanno raccontato, battevano moneta. In una necropoli punica avevano trovato "monete imperiali". Forse c'era una zecca anche nelle campagne di Foghesu, vicino al Nuraghe dell'Orco, che davanti ha il tacco calcareo di Trèmini che vuol dire "confine" e che dominava una grande vallata, ottima per coltivarci ortaggi. Tante monete, gente benestante doveva circolare da queste parti dove dicono fossero giunti gli Ilienses. Ma mi hanno promesso che mi faranno sapere dal Museo di Cagliari e le scriverò.

– Grazie dottore, tutto interessante, starei qui un mese, studierei il vostro dialetto ma anche il vostro paesaggio, la vallata del Rio Luda è un incanto con quel monte rosso che la sovrasta. E ci sono alberi di carpino nero, il legno usato per rivestire i pianoforti.

– Torni, torni, la ospito a casa mia. E le racconto dei viaggi dei miei nonni e zii che venivano in Sardegna per battute di caccia. Amavano più la selvaggina, soprattutto le lepri, quelle povere pernici e i beccaccini. Io, da bambino, non ridevo quando tornavano e raccontavano spavaldi di quelle fucilate che uccidevano tanti animali. E le racconto anche di quando ho insegnato all'università di Sassari.

Così discorrendo si fa l'ora della cena. Tanta gente per rendere onore all'ospite. A Perdasdefogu era un dovere. A settembre, il giorno prima della festa grande è dedicato proprio all'accoglienza dei forestieri,

"Sa Strangìa" la chiamano, così l'aveva battezzata un prete, don Giovanni Corona, nel 1722. Aveva detto: Nessuno è straniero, tutti siamo fratelli.

Gli arrosti - sotto gli occhi di babbo - sono a cottura e salatura giusta. Mamma ha apparecchiato con la tovaglia bianca di lino, bicchieri di vetro ha messo, posate di ferro e in lega di ottone e pure tovaglioli di panno. Babbo mette al centro due fiaschi di vino nero dell'annata 1924. C'è una forma di formaggio marcio, quello con i vermi, l'avevano comprata dal capraro Attilio Busola. Sui fornelli incassati nel muro c'è una grande pentola dove mamma sta cuocendo gli gnocchi di patate - patate della Valle della Suora. In un angolo un tagliere di legno di noce dove ben affettato c'è il prosciutto di maiale - maiale di Sa Terìa, zona ricca di querce da ghiande. Non solo autorità: col tedesco, il medico, il prete venuto col cappello nero a punta, ci sono podestà e vice, il segretario comunale Giosuè Piroddi, il conciliatore e il beccamorto, Priamo il capocaccia, due carabinieri reali col loro comandante maresciallo, Ortensia maestra elementare di Arbatax perché due anni prima era stata a Berlino, e due ragazzi: Orazio ventenne, occhi a mandorla, sembra un cinesino, cantava in poesia sarda improvvisata, cugino-fratello del vice podestà e figlio di Antonio re pastore a Crannigosa, Mauro che cantava in latino *Veni Creator* e *Pange lingua* trasformato in piange-la-lingua. Per ultimo era arrivato il banditore Peppino Piedi Storti. Era lui, con la sua tromba in ottone, che doveva dare il via alla cena dopo le launeddas suonate da Picossariu. Poi uno squillo di tromba, capotavola Su Tedescu, a fianco gli amministratori con spillino del fascio al bavero della giacca, e poi tutti gli altri. L'altro posto di capotavola per prete Follesa. Maestra Ortensia è al centro. Wagner si sente festeggiato ma, anche a tavola, fa il linguista con matita e taccuino. I fornelli-forreddus, la pentola-pingiada, il mestolo di legno-crogallu, i cestini appesi al muro-canisteddus se piccoli, crobis se più grandi, il pomodoro-tamata, il basilico-fàbbrica, gli gnocchi-farrancaus, il formaggio-casu. La luce la danno due candele di carburo e tre steariche. Tutti seduti per la Grande Cena. E poi tutti in piedi. Il podestà col bicchiere di vino nero: Saludi e vida a su stràngiu. Saludi e trigu, salute e grano rispondono in coro. Mamma - fazzoletto in testa - versa a tutti gli gnocchi conditi col sugo (sa bagna) fatta con i pomodori dell'orto dell'Acqua Perenne, ecco il formaggio caprino grattugiato. Gli elogi alla cuoca arrivano solo da Wagner, da Toselli, e da uno dei carabinieri, napoletano era. Per gli altri è tutto normale. Per le feste si mangia così. Menù sempre uguale. Sul tagliere gli arrosti ben salati. Il Tedesco, il medico venuto dal Piemonte e il parroco mangiano la carne con forchetta e coltello. Quasi tutti gli altri la prendono in mano e la azzannano.

– Wagner: buona davvero questa carne di capra. Questa è tenera, in un altro paese era dura, secca, sembrava suola di scarpa.

– Toselli: ed è carne sana, professore. La capra è un animale pulito. Mangia i germogli delle foglie. E poi il suo latte è completo, ottimo per i neonati, è come se bevessero il latte della mamma. Per farla arrosto ci vuole sapienza e pazienza, va fatta a fuoco lento non a fiamma alta, sono stato medico in altri paesi sardi ma la carne di capra di Foghesu è la migliore.

Podestà e vice gongolano per gli elogi alla gastronomia paesana, anche il segretario comunale che veniva da Jerzu. Celestrino non sta nella pelle, tutti allegri, anche maestra Ortensia che sta vicino a Orazio. Ed è Orazio a dover rendere onore all'ospite, in versi e in canto. Glielo aveva chiesto il cugino Felicino. Orazio, che timido non era, ci aveva pensato tutta la sera. Lo avrebbero accompagnato, come coro in sottofondo, Mauro con un carabiniere nato a Fonni, Falconi si chiamava. Piedi Storti dà il via al canto con tre colpi di tromba. Il segretario di Jerzu spezza l'incanto e chiede a babbo: dov'è il buco?

Orazio si mette vicino al capotavola, i due del coro cominciano con tre bim-bò. Canteranno un bim-bò alla fine di ogni due versi. Orazio, fantino-poeta-vaccaro con la quinta elementare, è davanti al linguista tedesco. Gli stringe la mano. Canterà in endecasillabi o quasi, lui metrica non ne ha studiato. L'ha ereditata dal padre Antonio che l'aveva imparata dal padre Francesco morto in battaglia a Solferino. I foghesini, i carabinieri e Ortensia lo applaudono per dargli coraggio. Si affaccia anche mamma Luisa. Orazio aveva cantato tante volte in feste di campagna, per la festa di San Salvatore e Sant'Isidoro, anche in chiesa a Natale, a Pasqua e per i morti, ma mai davanti a uno straniero, a un laureato, a un professore che studia le lingue o i dialetti e scrive pure libri. Aveva un basco blu in testa. Lo toglie, con un mezzo inchino, Orazio è un po' teso.

Ti saludo tedescu de iscenzia
a nòmene 'e tottu sa 'idda mea
Bim-bò, Bim-bò
praghere nos faghet tua presenzia
in terra 'e Ozastra e de Sardigna intrea.
Bim-bò, Bim-bò

Bisonzu tenimus de zente istudiada
ben'ènnidu Leopoldu in Foghesu amada
Bim-bò, Bim-bò, Bim-bò, Bim-bòòòòò

Mai nemus a Foghesu fit benidu
de s'Europa terra de iscrittores,
Bim-bò, Bim-bò
su primu ses tue òmine 'e sentidu
Wagner in Foghesu est un'onore
Bim-bò, Bim-bò
a coru abertu nos t'amus ospitadu
non s'oblividas, furisteri amadu
Bim-bò, Bim-bò, Bim-bò, Bim-bòòòòò

Versi che, restando fedeli al testo, potrebbero essere tradotti così: "Ti saluto scienziato tedesco a nome di tutto il mio paese, ci fa piacere la tua presenza in terra d'Ogliastra e della Sardegna intera. Abbiamo bisogno di veri maestri di cultura benvenuto Leopoldo nell'amata Foghesu. – Nessuno scrittore europeo era mai venuto nel nostro paese, il primo sei tu uomo sensibile, Wagner a Foghesu è un grande onore, ti abbiamo accolto a cuore aperto, non dimenticarci, caro forestiero".

Applaude Wagner, applaude Toselli che già aveva sentito Orazio cantare durante tante feste di tosatura e di vendemmia. Ortensia gli dà un bacio. Applaudono tutti. Wagner chiama Orazio.

– Hai la quinta elementare?

– Sì, sì, presa all'età di dieci anni, la mia maestra era mamma di mia madre Massimina, nata a Escalaplano. Mia nonna materna si chiamava Teresa. Teresa Roggia, era venuta da Cuneo.

– Sei anche tu mezzo piemontese allora.

– Sardo-piemontese, – ribatte Orazio con un sorriso.

Per la fine della cena c'è il formaggio con i vermi, è Wagner a dire "casu marsu" che sarebbe formaggio marcio, avariato. Ma era cercato da tutti, era una crema. Orazio, Toselli e gli altri, con molliche di pane rincorrevano i vermi che saltellavano sul tavolo, mangiavano e bevevano, ridevano e scherzavano. Adesso Wagner, se non fosse per quella cravatta grigia, sembra un foghesino autentico. Col casu marsu in una mano e un bicchiere di vino nell'altra imita la canterella Bim-bò, Bim-bò. Sorride anche la padrona di casa che controlla Ortensia. È quasi mezzanotte. Tutti, podestà e vice, carabinieri e medico, rincasano, contenti della serata. Orazio e Ortensia scendono verso le More di Gelso. Amore dopo la poesia. Col resto della compagnia torneranno il giorno dopo, la mattina di domenica 23 maggio 1927 per accompagnare Su Tedescu in direzione di Jerzu. Il cavallo di Wagner lo preparerà Celestrino. All'alba la sella di Annibale è pronta, quando le campane di San Pietro battono sette tocchi, da San Sebastiano scendono Malisa ed Efisio, tornano anche Orazio e Ortensia, e uno dopo l'altro Toselli, i tre carabinieri, il beccamorto, i bambini scalzi, prete e sacristi, il capocaccia e il cantoniere. Nel cortile c'è il secondo cavallo, ci sono ancora tizzoni accesi del fuoco fatto per gli arrosti. Tutti a ripetere: ecco Su Tedescu, su Professori, su Linguista. Sempre in abito, giacca, cravatta e camicia bianca. Cravatta anche per andare a cavallo. Su una mano la macchina fotografica. Scatta una foto di gruppo. Ci sono anche Orazio e Ortensia. Malisa ed Efisio. Che si avvicina a Wagner.

– Buon giorno professore, sono il marito di quella che ha fotografato ieri. Grazie. Quanti soldi le devo dare?

– Ma no. Grazie a lei e grazie a sua moglie, alla signora Maria Eloisa Carta. Ve la farò avere quella foto. Forse la vedrete anche su qualche libro.

Una pietra, squadrata a un lato del cortile, fa da pedana per poter salire a cavalcioni su Annibale che è già stato sellato. Celestrino ha sistemato la bisaccia, ha messo le staffe ad altezza giusta. È tempo di ripartire, destinazione Jerzu, poco meno di trenta chilometri. Piedi Storti banditore dà un colpo di tromba. Ajò, brrrrrrrrrr, ajò. Trocca dimo'. Il cavallo dell'accompagnatore fa strada. Ancora applausi, Professore ritorni, farà una fotografia a tutti, le daremo vino e casu marsu. Wagner, in groppa, con le redini tirate a sé, fa quasi un predicozzo, come fosse stato un vescovo: Vi ringrazio tutte e tutti, le autorità, il prete sardo, il medico piemontese, vivete in un paese affiatato, nel primo paese al mondo di Sa Strangìa, tornerò. Evviva, evviva. Evviva Foghesu.

Piedi Storti suona e risuona la tromba e nessuno lo ferma. Arriva Picossariu con le launeddas e suona una pastorale. Un corteo, con tanti bambini a piedi neri e nudi, accompagna il professore-cavaliere fino alla Fontana del Tuono, da lì a Jerzu gli fa compagnia ancora Piedi Storti, a cavallo di un asino. All'ingresso di Jerzu, dopo la stazione ferroviaria, Piedi Storti saluta Wagner: Torni professore, aspettiamo il libro e le fotografie.

Dopo molti anni, quando io Pietro-Pedrito ero già rientrato dal Venezuela e non vendevo salute, era uscito un libro con la fotografia di Carta Maria Eloisa. In paese lo vengono a sapere. La foto l'avevano vista due commercianti nella vetrina di una libreria di Cagliari. A me ne aveva parlato mio figlio Giacomo, che non è voluto emigrare come il padre, che è rimasto a vivere e lavorare le vigne e l'oliveto nel paese del padre. Mi aveva detto che sotto la fotografia Wagner aveva scritto: Foto 5065. Foghesu. Fèmina beccia a fusu e a crannuga in manu. Che vuol dire: Foghesu. Donna anziana col fuso e la conocchia in mano. Aveva pubblicato anche una panoramica: in primo piano tanti muri di pietre malmesse, rotolanti e sullo sfondo le case, poche case, se ne nota una a tre piani, la casa di ziu Froreddu grande agrario, e il campanile. La foto aveva il numero 5064. Didascalia: Panorama, ma tradotto in sardo wagneriano: Bista de sa bidda. E scrive anche che il suo informatore era babbo, lo chiama Pedru De Montis, chimbantatres annos, nàschidu in Foghesu, is babbos su matessi, massaju, abbistu e fidadu. Cioè: 53 anni, nato a Foghesu come i genitori, contadino, sveglio e fidato. Anche mio padre era finito in un libro. Aveva ragione a considerarsi importante.

Maria Eloisa Carta, la bella filatrice di lana immortalata da Wagner, sposata con Efisio Murgia, non ha potuto vedere né foto né libri. Fotografata il 21 maggio 1927 era morta il 19 novembre dello stesso anno, sei mesi dopo il suo primo e unico incontro con il fotografo-professore. Neanche Toselli aveva visto i libri: era morto nel 1930 di encefalite letargica. Aveva 60 anni.

L'avevano sepolto nel cimitero di Tuppa Segada, dove c'era anche la fossa in terra di Malisa con croce di legno. Non aveva visto nulla neanche il segretario comunale Piroddi. Ora, tutti e due, riposano nel cimitero nuovo, a Palasineddu. A dottor Toselli hanno fatto anche la tomba in granito, in un cortiletto protetto da ringhiere di ferro battuto. E ogni anno, per i Morti, da Torino vengono a rendergli omaggio i nipoti, soprattutto un altro medico-scrittore, Maurizio Grandi, figlio di Anita Toselli nata a Cagliari e bambina felice a Perdasdefogu, era l'unica "figlia del dottore".

* * *

Dopo tanti anni sarebbe stato Massimo Demontis, figlio primogenito di Pedrito, a sfogliare e ammirare due libri di un altro linguista, sardo di Nùoro questa volta, Giovanni Masala Dessì, che si fa chiamare Giuanne Masala e insegna sardo e italiano nel Dipartimento di Lingue e letterature romanze nell'Università di Stoccarda. Masala ha pubblicato tre libri per la sua casa editrice che porta il suo nome: Giovanni Masala Verlag (www.sardinnia.it): nel 2005 *Sa Sardìnnia de Max Leopold Wagner 1925-1927* (ediz. it.: *Viaggio in Sardegna 1925-1927*) e nel 2021 *Caro amico e collega: Carteggio con Karl Jaberg 1901-1958* (in coedizione con Edizioni ISRE). Jaberg (1877-1958) ha studiato filologia romanza a Berna e Parigi ed è stato professore ordinario di filologia romanza a Berna. Insieme a Jakob Jud fu ideatore e curatore dell'*Atlante Linguistico ed Etnografico dell'Italia e della Svizzera Meridionale* (*AIS*) stampato negli anni 1928-1940. Wagner, esploratore-ricercatore dell'*AIS* per la Sardegna, in alcune lettere, informa Jaberg anche del suo viaggio a Foghesu.

Eccone alcuni passi, che riproduciamo con l'autorizzazione del curatore Giuanne Masala.

Escalaplano, 18 maggio 1927

Caro Amico e Collega!
Da quattro giorni mi trovo in questo nido di montagna fuori dal mondo. L'inchiesta lessicale volge ormai al termine... Questa località appartiene al Gerrei il cui dialetto è affine a quello di Cagliari. Da qui mi avvierò a cavallo alla volta di Perdas de Fogu, il cui dialetto appartiene alla regione dell'Ogliastra ed è fondamentalmente diverso da quello di Escalaplano. Perdas de Fogu è uno dei villaggi più inaccessibili dell'isola, dato che neanche una strada praticabile porta lì. La regione è oltremodo pericolosa e, come ad Escalaplano, anche a Perdas de Fogu di sera nessuno esce più di casa. Dovrebbe vedere come la gente si rinchiude e si barrica in casa.

Cagliari, 30 maggio 1927

Caro Amico e Collega!
Al rientro da questa prima spedizione ho trovato la Sua gentile lettera con la conferma, tra l'altro, che annuncia l'arrivo dell'inchiesta di Escalaplano. Intanto Le sarà pervenuta anche quella di Perdas de Fogu, che ho potuto spedire soltanto da Baunei.
[...]

Il viaggio verso Perdas de Fogu non è stato per niente facile, in quanto non esistono mezzi pubblici per giungervi e la strada è talmente malandata che il villaggio non è raggiungibile neanche con il carro a buoi. L'unica soluzione era servirsi di un cavallo. Però, vista la scarsa sicurezza, bisogna farsi accompagnare, e siccome non ero certo che a Perdas de Fogu avrei trovato altri cavalli per poter continuare il viaggio, non mi è rimasta altra scelta che prendere a nolo l'uomo e due cavalli per l'intero viaggio sino a Jerzu. Per un cavallo la gente pretende 10 lire al giorno, più il vitto per l'uomo e il foraggio per i cavalli e, se si aggiungono anche le solite mance, l'intero viaggio viene ad essere abbastanza caro: in tutto 350 lire per sette giorni di spedizione incluso il viaggio di ritorno. Ma a Perdas de Fogu non ci si va ogni giorno. Lassù la natura è grandiosa, selvaggia e solitaria; durante il tragitto non abbiamo incontrato anima viva.

Suo devoto M.L. Wagner

Episodio 6

Porcaro, mitragliere e barista

Soldati italiani in marcia, Grecia 1945.

Da bambino, e da grande, tutti mi chiamavano Tittone perché toccavo sempre non solo le mammelle di mamma e delle zie ma le tittas di tutte le donne che mi prendevano in braccio. Ultimo di tre sorelle e tre fratelli, vengo al mondo in pieno fascismo, 1931, lunedì 10 agosto a mezzogiorno mentre le campane di San Pietro battono dodici colpi e il gerarca Totore dai gambali lucidi, nello spiazzo delle Aie Grandi, ha messo fine all'addestramento militare con marcette, eiaeia-alalà e prove di sparo dei camerati con moschetto. Si preparavano a far la guerra: – Bisogna allenarsi, essere preparati per difendere la Patria, – strepitava Totore. E molti lo applaudivano.

Nasco a Perdasdefogu il giorno di San Lorenzo, la mia casa era dietro la chiesa, all'Incrocio dei Pipistrelli, incastrato tra i rioni delle More di Gelso e della Pietra Lunga. Lì, in estate, armati di canne lunghe, si ritrovavano i ragazzini per dar la caccia ai topi con le ali senza toccarne mai uno perché con le loro antenne schivavano tutti gli ostacoli. – Sono intelligenti i pipistrelli e hanno gli ultrasuoni, – aveva spiegato Maestro Tito. Nessuno aveva mai buttato giù o toccato un pipistrello. Ma era il divertimento più amato, ci provavano schiere di maschietti a piedi nudi e in gran baldoria con urla e canne che si scontravano nelle sere calde di agosto e settembre.

La mia casa, come vi ho già detto, era l'unica su due piani, finestre a vetri e tetto di tegole, il pavimento a mattonelle bianche e nere, cucina con caminetto ad angolo, sala da pranzo con madia e una vetrina per i piatti. Casa di ricchi la chiamavano perché la maggior parte delle altre case del mio villaggio erano tuguri affumicati in terra battuta, focolare quadrato al centro, sul tetto canne e giunchi, pelli di buoi, asini, pecore e capre tenute fisse da pietre lamellari larghe di scisto, raccattate ai lati del rio Flumineddu, il fiumiciattolo dalle acque limpide lungo la vallata protetta dalle rocce grigiorosse del Nido dell'Astore. Mi fanno venire al mondo due praticone, una donna levadora che aiutava a nascere e un'altra donna detta acabbadora che aiutava a morire. La levadora - quasi un'ostetrica/levatrice - si chiamava Lavinia, in paese era "zia Lavinia", nome importante trovato nel libro di storia, come la seconda moglie di Enea ci aveva spiegato sempre maestro Tito in quarta elementare. La donna acabbadora - quella che assisteva le persone in fin di vita - non era "zia", si chiamava Crocifissa, nome scelto dalla mamma Carmela, priora-capo delle pie donne del Rosario che garantivano al prete e ai fedeli navate pulite, altare a fiori di campo e sagrestia in ordine. Badavano anche alla cappella-oratorio di San Giuliano martire sardo, protettore di pellegrini e viandanti. Cappella di pochi metri quadrati, una statua di legno nell'unica nicchia e sulla parete di destra una croce astile, regalata a metà dell'Ottocento - si dice - al parroco don Serafino Delogu da un toscano carbonaio devoto e di buon cuore giunto da Pistoia. Di questa cappella minuscola aveva scritto nel 1599 l'arcivescovo di Cagliari monsignor Alonso Lasso Sedeño giunto in visita pastorale. Era poco distante dal campanile con quattro campane, era a un lato del cimitero attorno al perimetro della chiesa parrocchiale. A casa mia, dove arrivavano i viandanti, mamma diceva con tanto orgoglio: – Quella è la cappella nostra perché Celestrino è un carrettiere viandante.

Per la festa, l'ultimo giorno di agosto, mamma Luisa andava a pulirla e metteva i panni bianchi sull'altare stirati col ferro a carbone. Le mie sorelle portavano garofani e gigli, stendevano sul pavimento rami di lavanda, mirto e rosmarino. La cappella profumava di erbe aromatiche in mezzo all'odore acre della cera con qualche lumino e mozziconi di candela accesa.

La mia famiglia «numerosa e di ceto medio» l'ha descritta nel suo diario mio fratello Linuccio, pure lui nato ad agosto, di domenica, cinque anni prima di me, il 30 agosto del 1926. Aveva studiato fino alla terza media, parlava bene, bella calligrafia aveva, in un tema aveva scritto che il paese era «circondato da una folta foresta di lecci e arbusti mediterranei». Quasi ogni famiglia era di pastori e di contadini. Babbo Celestrino, Linuccio l'aveva descritto come un «proprietario che gestiva una piccola fattoria». Mamma Luisa gestiva «un piccolo negozio di mercerie, articoli da regalo e alimentari». Babbo era un tuttofare, giramondo carrettiere, aveva un barroccio tirato da cavalli col quale andava a Cagliari e Nùoro trasportando gente e merci, girava anche nei paesi vicini a far commercio di pelli e di lana di pecora e capra. Aveva aperto anche una macelleria e così si era beccato il soprannome di Càncius, che in italiano vuol dire 'ganci', perché lui aveva innovato nel sistema di appendere le carni, non più infilate sugli spezzoni di rami di leccio o corbezzolo ma pendenti da ganci d'acciaio dentro un grande gabbiotto rettangolare detto *muschera*, telai in legno e zanzariere ai quattro lati e così la carne veniva protetta dagli assalti delle mosche e delle vespe. Quel gabbiotto - che per quei tempi era un frigorifero che ho conosciuto e usato quando ero già grande - aveva portato fortuna, anche dai paesi vicini arrivavano a casa per comprare "carne sicura e pulita da Celestrino".

Mamma Luisa, a intraprendenza, non era da meno. Non solo la botteguccia, un po' merceria un po' articoli di alimentari, anche pennini e inchiostro Gnocchi in calamai di vetro, lucido Marga per scarpe, la crema per calzature venivano a prenderla ogni due mesi dai paesi vicini, i clienti più affezionati: il veterinario Olianas di Esterzili e il medico Arba di Ballao. Nel tempo libero faceva la sarta, sapeva preparare anche gli scialli colorati per il costume femminile. Ma soprattutto mamma, come ho già detto, era diventata locandiera, con la camera al primo piano, la più vicina all'intimoletto dei miei genitori. Se serviva, una camera la ricavava anche al piano terra, Al secondo piano dormivamo noi fratelli maschi. Quando i viandanti erano più d'uno le stanze nostre venivano affittate, noi maschietti traslocavamo nella stessa stanza della sorelle. Loro su un lettino, noi per terra, sulla stuoia in mezzo alle patate. Quando un ospite ripartiva e pagava, mamma aggiungeva quelle venti lire "benedette" dentro una caffettiera arrugginita trasformata in cassaforte. Venti lire oggi e venti domani facevano gruzzolo e noi diventavamo ricchi. Mamma ripeteva: – Benedetto il mese di maggio del 1928, erano venuti in tanti a comprare capre, cavalli e formaggi, nella caffettiera c'erano finite 480 lire, nessuno in paese aveva tanti soldi in contanti.

Vi ho detto di sette fratelli, anche se in effetti eravamo nove, ma due - Basilio e Maria - da bambini, erano stati uccisi da quella epidemia che si chiamava spagnola che di gente ne aveva ammazzato a mucchi, e non solo in paese, dove non c'era armadio farmaceutico e non c'erano né medici né medicine. Antonietta, Giuseppina e Giovanna erano sveglie, belle e molto corteggiate, lavoravano a raccogliere il rosmarino per venderlo a un emiliano che ci faceva le essenze. Giuseppina era stata presa in sposa da un commerciante palermitano che trafficava anche da noi a Foghesu, si chiamava Gaspare Giordano, vendeva scarpe e cento altre cose. Molti maschi di Foghesu lo odiavano perché si era rubato Giuseppina, la più bella del paese.

Nel 1943 mio fratello Mario, classe 1923, parte a far la guerra, aveva imparato a sparare nelle Aie Grandi, guai a parlargli male di Mussolini, fascista dalla punta dei piedi fin sopra i capelli. Gli piaceva raccontare la sua vita. E gli piaceva vestirsi da fascista.

Nel 1941 lavorava alla Società Elettrica Sarda nei cantieri dell'Alto Flumendosa, assunto dalla Confederazione fascista degli Industriali, 342,70 lire di stipendio mensile. L'Europa ribolle. E Mario sapeva e faceva il maestro di Storia in famiglia: a gennaio le armate sovietiche assaltano i tedeschi a Stalingrado combattendo a trenta gradi sotto zero. Alla fine di febbraio gli anglo-americani bombardano Cagliari per la prima volta. E fanno stragi in tanti altri paesi: Olbia, Villacidro, Gonnosfanadiga, Monserrato. Poi il bombardamento di San Lorenzo a Roma con più di mille morti.

Mario parte col foglio di matricola 93876 della Regia Marina, mobilitato "per esigenze speciali", diventa "cannoniere puntatore alla mitraglia". Lui ne era orgoglioso. Credeva di essere un Napoleone paesano. Il giorno prima di salutarci, con mamma a lacrime grandi, cambia vita, smette di occuparsi dei maiali che rivendeva o macellava mio padre. In poco tempo, da porcaro in un paese povero a mitragliere in un'Europa non ancora scottata dai drammi della prima guerra mondiale. Porcaro in fustagno nero, militare in divisa bianco blu. Prima tappa: Cagliari. Il 9 marzo in treno per La Maddalena, destinazione Palau. Qui deve consegnare un pacco a un paesano, Giovanni Sirigu, gliel'aveva portato la mamma Paulicca: – Fammi questo piacere, consegna questa scatola a mio figlio. E digli di stare attento e di rispettare i superiori. – Mario arriva in caserma. Esordio a cazzotti con un sergente che gli chiede di aprire il pacco.

– No, non posso. Non è mio, devo consegnarlo a un mio paesano militare e fante di stanza a Palau.

– Come ti chiami?

– Demontis Mario di Celestrino.

– Apri quel pacco.

– Le ho detto che non fa, che non posso, che non è mio.

– Ti ho detto già due volte di aprirlo.

– Ripeto per la terza volta che non lo apro perché non è mio.

– Ti ordino di aprirlo, sei un sottoposto.

Il sergente gli si avventa contro, butta Mario per terra, cerca di prendergli il pacco ma Mario non molla, ha la meglio, lo solleva dal pavimento, lo afferra per la giacca e giù una cazzottata. Finisce in cella buia.

Non era mai successo a nessuno della nostra famiglia. L'indomani lo interroga un capitano, si chiamava Federico Lotito, di Terni. Mario racconta ed è subito libero, in cella ci finisce il sergente per "abuso di potere". Il capitano: – Adesso vai a Palau, il permesso te lo do io con questo foglio. Vai dal tuo paesano ma rientra subito perché attendiamo ordini dal Ministero della Marina Militare.

– Signorsì, signor Capitano. Nel pacco, lo so, ci sono cose semplici, formaggio pecorino, salsicce di maiale, lardo salato, noci e mandorle, mezzo litro d'olio, amaretti e pane dolce della festa della Candelora. Sono tutte cose del mio paese.

– Pane dolce hai detto? E cos'è?

– Non lo so spiegare. So che si fa per Sant'Antonio e soprattutto il 2 febbraio, festa della Candelora. Sono come pagnotte schiacciate, con una croce al centro. Lo fanno solo le donne, in gruppo, dicendo preghiere e facendo scongiuri con coltelli incrociati sulla bocca del forno, sollevano le gonnelle e mostrano il sedere al forno ripetendo frasi senza senso, impastano farina con tante cose, finocchi selvatici, noce moscata, cannella, buccia bruciata di limone e arancio, altre spezie che conoscono solo le donne e non le svelano a nessuno. Lo bagnano con sciroppo di vino e miele. La lievitazione dura due settimane. Quando il pane dolce è pronto lo portano in processione in grandi ceste ricoperte da panni bianchi ricamati, tutti con una candela in mano, in chiesa lo posano ai piedi dell'altare grande e il prete lo benedice con l'aspersorio d'argento, alla fine della messa le fette vengono distribuite ai fedeli. Pane santo è.

– Forse è come il pan pepato che fa anche mia madre a Terni, anche lei per la Candelora. Mi è piaciuta la tua descrizione. Bravo Demontis.

– Grazie a lei signor capitano Lotito. Comandi.

– Corri, vai a Palau, poi partirai a combattere in mare.

– Dal mio amico paesano mi faccio dare una fetta di pane dolce, gliela porto.

Promessa mantenuta. Mario rientra da Palau a metà pomeriggio e consegna il pane dolce al capitano che lo abbraccia.

– Sei educato e gentile.

– Gentile è lei che mi ha scarcerato.

Due giorni dopo Mario è a Olbia. Da lì salpa con altri trenta marinai e sbarca a Gaeta, tre mesi di Car, Centro Addestramento Reclute. La caserma era sulla spiaggia, in un albergo requisito dal Governo, si chiamava Albergo dei Fasci. Inizia subito il corso per diventare Puntatore Mitragliere, il campo prove è sulla spiaggia, Mario è felice tra canti di Faccetta Nera e avanti marsc', impara pure a nuotare. Gaeta è sorvolata da aerei inglesi spesso in formazione. Diventa amico di Giuseppe Pira di Santu Lussurgiu e di uno di Tempio, Dettori si chiamava.

Nel campo bisogna ubbidire. Destinazione Grecia. Prima a Castellamare di Stabia, a Venezia in treno, poi Trieste. In ottocento salgono su una tradotta che avevano chiamato l'Orazio Coclite. Belgrado, Skopje e Lubiana, qui la stazione è un camposanto di treni bruciati, i ribelli slavi sabotano i convogli nelle gallerie, mettono bombe e mine, hanno fame, rubano tutto quello che possono, alle sentinelle italiane portano via fucili, li pestano a sangue e li denudano sfilando pantaloni, giubbotti e scarponi.

Tra questi sconquassi Mario aveva legato con Giuseppe. Più che un soldato era un letterato e un cronista. E per di più era del paese dei cavalli, del paese di Matiànzelu dove si era formata un'ottima scuola di maniscalchi e coltellinai. Amava i cani e i racconti di guerra, parlava della "vita eroica sulle motozattere", raccontava di un certo comandante Albertini "che aveva abbattuto da solo, con la sua mitraglia, due aerei nemici", ripeteva di avere "attorno donne non solo giovani ma anche molto belle". Discorsi che in tempo di guerra ti rendono le giornate meno tristi mentre ti passano le bombe sopra la testa e hai l'acqua sotto i piedi.

Mario comincia a capire che la guerra butta male. Con gli altri lo fanno salire a bordo di un incrociatore greco, armato dai tedeschi nell'isoletta di Sfacteria. L'8 settembre del 1943 è a Navarino, sempre zona di Sfacteria, i capi fascisti erano sbandati come gli ubriachi, non ricevevano ordini, non sapevano che fare. Il 12 gli italiani vogliono fuggire in Sicilia su una nave, la Vittorio Alfieri. Mario è d'accordo, deve ricredersi. In porto arrivano ancora una volta gli slavi, più agguerriti che mai, uccidono quattro guardie tedesche, una viene sgozzata a coltello lungo tipo scimitarra. Notte di massacri, bombe e solo bombe dagli aerei, i soldati tedeschi muoiono a grappoli, l'incrociatore italiano viene colpito e affonda. Ma, per miracolo, nessuno muore. Sono sempre ottocento tra marinai, fanti e artiglieri, li portano su alcune zattere, con una colonna di autocarri finiscono ad Atene, poi Corinto. Mario dirà: – I tedeschi nostri padroni, noi i loro servi. – Tutti gli italiani deportati in Germania. Erano le 7.45 del mattino del 14 ottobre 1943. Dopo tre giorni di fame e di pulci, di sete e di sporcizia, arrivano al campo di concentramento Stalag IIID Località 125422, Provincias ASK d 0592. Qui Mario lavora da saldatore delle caldaie dei sommergibili. Giorni terribili ma le cartoline inviate da Mario ai miei genitori sono bugiarde: «Sto bene io e tutti i compagni. Vi saluto. Vostro figlio mitragliere Mario».

Arriverà in paese il 26 giugno del 1945. Io avevo 14 anni, veniva dalla guerra, mi sembrava un militare, un eroe come quelli importanti studiati nei libri di Storia, tipo Pietro Micca o quel Muzio Scevola della mano sul fuoco. A cena ci racconta la verità. Aveva esordito in lingua sarda: – Un'inferru. – E che inferno in quella primavera di guerra. Mario la riepiloga come un professore: il 29 aprile gli americani entrano a Monaco, il 30 aprile il suicidio di Hitler, il 2 maggio i russi a Berlino, il 4 capitolazione tedesca nei Paesi Bassi, nella Germania del Nord e in Danimarca, 8 maggio capitolazione della Germania: la guerra è finita.

Il giorno dopo l'arrivo, 27 giugno, era mercoledì, Mario va in Comune per farsi controfirmare il foglio di congedo illimitato. Parla con l'impiegato Erminio Boi.

– Come te la sei passata?

– Vivo sono.

– Già lo vedo. E in guerra?

– Morti e solo morti. Di fame, di mitraglia. E di pulci.

– Dove sei stato?

– Sicilia, Grecia e prigioniero dei tedeschi.

– Temuto hai?

– Molto, mi facevano paura gli slavi, non so come ho fatto a tornare, San Giuliano mi ha salvato.

– Ancora fascista sei?

– Ci ho creduto da bambino, da ragazzo e anche nei primi mesi di servizio militare. Ma che cosa c'entravo io con Mussolini e Hitler? Prima mi piacevano perché non sapevo. Non sapevo che avrei ucciso gente che non mi aveva mai fatto nulla. Poi ho visto il finimondo.

– Raccontami qualcosa della guerra.

– Lavoravamo otto ore al giorno. Abituato in paese con i maiali, lì saldavo le caldaie dei sommergibili. In una città che si chiama Tempelov avevo trovato un sardo di Sorgono, Emilio Zedde, calzolaio come mio fratello. Mi aveva detto che il padre aveva lavorato a Perdasdefogu a tagliar tronchi di leccio per carbonai toscani. Ci raccontiamo altre nostre esperienze. Erano uguali. Sempre in bocca la Germania e l'Armata Rossa.

Rientrato in paese dopo essere stato di gente in gente, Mario si dà da fare. Non più grilletti da premere perché ridiventa manovale, muratore e sempre porcaro nei momenti liberi. Dopo la metà degli anni Cinquanta diventa imprenditore impresario. Mette su un impianto per blocchetti in cemento armato all'uscita del paese, sotto la collina del timo. Per i miei paesani, abituati a ovili e orti, era la prima fabbrica, "La Blocchiera" la chiamavano. Mario trova anche due soci. E qualche dipendente. Quando un operaio si assentava subentrava mia cognata, Iolanda, moglie di Mario, lei si occupava della contabilità ma cambiava mansioni volentieri, si metteva i pantaloni da uomo e vendeva alle imprese che costruivano il poligono militare ma anche ai paesani che demolivano le vecchie casupole e costruivano case più moderne anche se molti preferivano le pietre di porfido prese dal torrione di Comina Trinta, cosiddetto perché in cima al pianoro svettavano trenta guglie tra pareti grigie e rossastre. I più anziani passavano ore e ore a guardare "la fabbrica", gli impasti di cemento e graniglie, a mettere il tutto nelle forme rettangolari, bagnarle per evitare che si spaccassero.

Intanto Iolanda era diventata la prima donna manager del paese, aveva scritto anche un libro, *La mia storia* dove si si leggeva:

«A Mario piaceva solo lavorare, non era portato per la programmazione, fare gli ordini, gestire la contabilità, rincorrere chi non pagava. Lui si spaccava la schiena, spalava con la vanga, miscelava le materie prime, accatastava i blocchetti pronti per la vendita, ma a tutto il resto pensavo io. Mi chiamavano La Ragioniera. Diplomata non ero. Dopo il lavoro Mario e gli operai andavano al gabellotto di Orazio a vedere i programmi nel primo televisore in bianco e nero arrivato a Foghesu.»

La famiglia di Iolanda e Mario cambia vita dopo pochi anni. Anche la blocchiera si ferma, e Mario, anziché volare all'estero o alla Fiat come la maggior parte dei giovani sardi, vira per Cagliari. Da porcaro a mitragliere e adesso barista nella capitale della Sardegna.

Una volta al mese, una serata in paese a trovare amici e a fare lunghe chiacchierate con Tittone-Pedrito. Discorsi miscelati tra fascismo in Italia e dittatura in Venezuela. Chiacchiera dopo chiacchiera è Mario a capire che il fratello piccolo, dopo l'Atlantico, tornerà in mare, questa volta il Tirreno, direzione verso le Alpi a trovare a Torino quel lavoro che in Sardegna era proibito. Mario lo aveva capito da una frase del fratello zapatero:

– Ieri è rientrato Luigi figlio di SetteSono, ha detto che a Torino si vive bene.

Episodio 7

La locanda di Vereconda

Decimoputzu, tratta da: *Gianni Berengo Gardin, Reportage in Sardegna 1968-20066*, a cura d
Daniela Zedda, Imago Edizioni, Nuoro 2009.

Babbo Celestrino era, sì, soprattutto macellaio di pecore, capre, buoi e maiali - macellaio moderno che aveva importato i ganci in acciaio inox, scoperti al mercato grande del Largo Carlo Felice di Cagliari – ma era anche cowboy. In Venezuela l'avrebbero chiamato *vaquero* perché governava manzette e vacche adulte, le prime molto richieste per i pranzi di matrimoni importanti, di prinzipales e gente ricca, le seconde per fare brodi e lesso e tirarci a campare per molte giornate. Le bestie le comprava dai pochi allevatori del paese ma soprattutto da quelli dei villaggi vicini, soprattutto a Ulàssai e Villagrande direzione Nùoro o ad Armungia e Paùli Gerrèi direzione Cagliari.

Macellaio era l'occupazione principale ma di mestieri ne sbrigava molti. Faceva anche il contadino come la maggior parte degli uomini di Foghesu. Da ragazzino, se c'era bisogno, diventava manovale tuttofare a comando dei muratori. Pure maniscalco è stato, apprendista per cinque mesi del fabbro Torello Pintau detto Lenza, così battezzato perché era il più preciso nel ferrare i buoi ma anche cavalli e asini del contado. Era molto bravo e pignolo. Torello Pintau era nominato perché aveva passato due mesi a fare apprendistato di forgia nella zona di Oristano, a Santu Lussurgiu dal maniscalco e coltellinaio allora più famoso in Sardegna, Vittorio Mura figlio di Matiànzelu, premiato a concorsi nazionali, aveva vinto targhe e soldi a Firenze e anche ad Altamura di Bari. Una volta, avevo otto anni, anche io avevo aiutato babbo a modellare la forma di uno zoccolo di ferro battendo tra incudine e martello. Mi aveva detto:

– Fabbro vuoi diventare, Pie'?

– Se voi mi insegnate, sì, io imparerò. Mi piacciono le brace vive della fucina. Mi piacerebbe diventare campione come quel Pintau Lenza di quel paese lontano.

Vittorio Mura assestava tocchi da vero maestro, aveva occhio, sapeva adattare i ferri - circolari ma anche ovali - agli zoccoli, ferri grandi e tondi per le zampe anteriori, più stretti per le posteriori. Quando infilava i chiodi, mentre le bestie erano legate al travaglio che in paese chiamavano la macchina dei buoi, quei poveri animali si lamentavano, i muggiti di dolore rimbalzavano da tutto il vicinato delle More di Gelso fino all'orto di Clelia, quella che lavorava la lana e vendeva pure maglioni fatti con le sue mani. Per attutire il muggito straziato delle bestie da soma, attorno al muso Vittorio Mura stringeva strisce lunghe di pelle morbida, qualche volta le ungeva pure d'olio d'oliva per alleviare il fastidio. Quelle bestie pazienti, a zoccoli sistemati, camminavano meglio nei tratturi. Correvano pure, come il puledrino di Orazio detto Achille, quello che vinceva le gare nella sagra paesana di Sant'Isidoro protettore degli agricoltori. E aveva trionfato anche in trasferta, a San Basilio del Monte, quello del Flumendosa sotto il Gennargentu. Per non dire, poi, dei premi per i coltelli a lama lunga e brillante e a corno di bue e di muflone.

Babbo aveva imparato bene nella bottega di Lenza. La sua passione erano i pezzi piccoli, li modellava con cura nella sua fucina a carbone di legna, preparava i chiodi, ne faceva tondi e triangolari ricavandoli dal ferro o dall'acciaio che comprava talora a Cagliari da Fantola, talaltra dai Vacca di Lanusei, ma più spesso dai robivecchi e rigattieri che giungevano a Foghesu nei tre giorni della festa grande di settembre. Nella sua disordinata officina da fabbro, a pochi passi dalla chiesa di San Pietro, sentivi insieme il rumore del mantice che faceva ardere i carboni, le sbuffate sorde di una ventola, il canto di versi improvvisati in sardo da babbo-macellaio-fabbro e poeta estemporaneo, il tintinnare dei ferri che si accatastavano e anche il concerto delle campane che annunciavano il mezzogiorno o l'ora dei vespri. Tanti tipi di chiodi, appuntiti in basso, capocchia tonda o quadrata in alto. Perizia ci voleva, prima a pareggiare gli zoccoli con una raspa, poi a ferrare. Manco fosse un ortopedico di ospedale, prima di entrare in azione li faceva camminare i cavalli, voleva accertarsi se avevano qualche difetto. Se non c'erano problemi veterinari che poteva risolvere solo il dottor Peppuccio di Armungia, babbo afferrava la zampa dell'animale, la poggiava su una traversa di legno, le misure le indovinava a occhio, iniziava a selezionare i ferri e dare mazzate sugli zoccoli col martello a testa di gomma. Li amava e li rispettava gli animali. Prima della zoccolatura accarezzava uno per uno cavalli e buoi, li chiamava tutti per nome, Fedra, Stella, Passènsia, TiraErettu, ci parlava, diceva spesso: Adesso ti metto gli zoccoli nuovi di ferro, così nella pelle non ti entrano spine di cardo e di rami spezzati. Qualche volta i cavalli nitrivano, come volessero dirgli grazie.

Si era affezionato alla cavalla Fedra, la chiamavano la regina di Ballao perché da quel villaggio proveniva, un tempo puledrina comprata da Cristolu-Cristoforo ricco possidente di Tertenìa, paese di vignaioli e di fabbricanti abusivi di filuferru-acquavite. Quando Cristolu non ne aveva bisogno per le sue faccende, Fedra restava in paese, babbo la usava per andare per foreste e orti, tornava con le bisacce di orbace piene di frutta, olive, patate, fave, carrubi, qualche covone di foraggio e pure legna per fare il fuoco. Me la ricordo bene Freda: mantello baio, un accenno di frezza bianca sulla fronte, un po' bianco anche il ventre protetto dalle cinghie del sottopancia, da bambino ci parlavo anch'io con Fedra, allontanavo i mosconi che le ronzavano attorno agli occhi e al buco del culo, sotto la coda lunga lunga.

A ferratura finita babbo si faceva pagare: il più delle volte barattando ortaggi, granaglie e olio, qualche rara volta anche soldi, pochi soldi, preferiva i contanti e li sapeva custodire. Si ingegnava. Aveva costruito, con le mani sue e del cognato Ferdinando, una sorta di barroccio-calesse trainato con indifferenza da due buoi per andare nelle campagne attorno al paese o da due cavalli per i viaggi più impegnativi a Lanusei e Cagliari. Diceva che quello per Nùoro era il viaggio per l'inferno perché dovevi superare prima la vallata e la Forra del Fantasma di Gairo passando sul ponte del rio Dell'Impiccato, e poi Il Passo delle Pere di Fonni, e ancora il valico a mille metri delle Corna del Bue. Una volta, alla fonte dell'AcquaCheBolle, lo avevano fermato i banditi e ripulito di settanta denari. Da allora cancellò le trasferte verso Barbagia-Gennargentu. Incrociando indice e medio aveva urlato e giurato: – Inderru! Qui a Celestrino con ce lo vedrete più, marranu. Rubare è sempre brutto. Ma rubare a un povero è vergogna grande. Maledetti siate.

Per il carro a buoi usava un assale corto fatto di leccio anche se il legno più ricercato era quello di gelso, perché più morbido. Ma gelsi - importati da noi in Sardegna a metà Ottocento dai Piemontesi - ne erano rimasti pochi. Per i cavalli gli assali erano un po' più lunghi, quasi sempre di castagno fatto stagionare almeno cinque anni e portato dai boschi della Barbagia-Mandrolisai. Per tagliare i tronchi in due parti uguali si faceva aiutare da un vero falegname maestro-di-legna, Attilio figlio di Pietrino eroe della prima guerra mondiale col capitano Emilio Lussu sull'altipiano di Asiago. Si servivano di una sega e lavoravano di precisione, più artisti che artigiani. Col barroccio fai-da-te, babbo Celestrino, regolarmente due volte al mese, scendeva a Cagliari a fare grandi acquisti per quelli che tenevano bottega di alimentari. Per Genoveffa e per Irene, nel negozio all'ingrosso di DanteMiele comprava i pacchi da dieci chili di pasta lunga mezzometro, ma anche le aringhe salate e il baccalà che piacevano a donna Cecilia, moglie romana del maresciallo napoletano dei Carabinieri. Per Cicciu, casse o sacchi di fave e grano, orzo ceci e polenta da un certo Fagioli arrivato in Sardegna da Genova, il latte in polvere e il sale grosso li trovava da Gorini dietro la statua della Madonna del Carmine e li portava a Mariangela La Gobbetta, i sacchi di farina erano per Valentino mugnaio e la moglie Lavinia. Per candele lunghe, steariche e cera doveva finire nel rione di Sant'Avendrace, lo spaccio era davanti alla Grotta della Vipera e qui trovava anche il carburo per le candele che usava Franco lo Storpio nell'osteria del vino nero che, tra bestemmie e parolacce, tracannavano i giocatori di tressette, scopa e briscola.

A Cagliari ci restava anche tre giorni per sbrigare tutte le sue incombenze per conto terzi. Dicono che di notte non dormiva quasi mai da solo. A commissioni fatte, se ne tornava col suo barroccio verso Foghesu, seduto nel suo sgabello robusto di ferula ben protetto da un telo grigio tondo, una sorta di cappotta sorretta da alcuni bastoni. Quattro giorni interi ci metteva per il viaggio vai e torna, una notte gli toccava sempre di dormire a Cagliari, le altre notti anche in aperta campagna, chiedeva alloggio nelle capanne dei pastori lungo strada, a Escalaplano da Tolu, a Gerrei da Pìlia, a Bràgios e Dolìa da chi capitava. A Foghesu erano convinti che Celestrino facesse qualche tappa anche per piacere. I maligni dicevano che proprio a Dolìa una commerciante gli avesse chiesto due sacchi di fave. Pronta consegna. E i denari? La donna non li aveva ma l'affare era andato ugualmente in porto con reciproca soddisfazione.

Solo una volta, quando dal cielo si era scatenato un finimondo mai visto dai tempi di Noè, aveva dormito in una casa che chiamavano La Locanda di Verecon-da-la-vedova all'ingresso del villaggio di Bràgios, trenta chilometri da Cagliari e sessanta da Foghesu. Non era prudente passare quella nottataccia in aperta campagna, anche riparato sotto un ponte. E i cavalli poi? Stava piovendo troppo forte quella sera del 22 novembre, l'acqua era gelata, anche grandine scendeva a pezzi grossi come mezzo pugno, forti erano i tuoni, e frequentissimi i fulmini. Entrando a Bràgios, sotto quel diluvio, trova un anziano, lo saluta come può e gli chiede se qualcuno in paese ha un letto per i viandanti.

– C'è una donna, Vereconda, abita qui vicino. Letti già ne ha. Le faccio strada, sono pochi passi, due strade più avanti.

– E ce l'ha un cortile per farci entrare il carretto e i cavalli?

– Sì, ha un cortile grande, e c'è la stanza del vino e la legnaia, ci possono dormire le bestie.

– Anche i cavalli devono stare al riparo, guardi quant'è bella questa, Fedra si chiama, il compagno si chiama Vulcano. Mi porti da Vereconda. Non fa a viaggiare con questa pioggia forte.

– Certo che non deve viaggiare. Est unu inferru. Da Vereconda ci hanno dormito tanti di passaggio, anche un notaio di Oristano una volta, e pure un canonico che era arrivato da Tempio Pausania. E domani dove deve andare?

– A Foghesu, di Foghesu sono, sono macellaio e, come vede, carrettoneri. Questi due cavalli sono la mia fortuna, come la mano di Dio.

– Guardi, è già arrivato, entri qui.

– Come si chiama lei? Io sono Celestrino.

– Io Peppiccu Atzeni, ho un frantoio, vendo olive e olio. Busso io da Vereconda. Già mi apre.

Nel cortile c'è una legnaia lunga almeno quindici metri, possono passarci la notte Fedra e Vulcano. Peppiccu urla, la proprietaria della locanda apre uno scurino della porta.

– Vereco', esci, gente per te c'è. Buona notte a voi.

Peppiccu saluta e va via. La locandiera di Bràgios ha il viso avvolto in uno scialle nero, la luce di una candela a carburo illumina un po' gli occhi, occhi grandi. Neri sembrano. E lei neanche vecchia è.

– Vorrei passare la notte qui, ma solo se posso lasciare i cavalli sotto la legnaia. Mi dà alloggio? Pago a soldi. Devo liberare i cavali dai finimenti.

– Sì, buon uomo. Può dormire. Può pagare anche in merce. E vada a prendere i cavalli. Sotto la legnaia staranno bene.

– Certo, devo dare anche la biada ai miei animali, mischini, e anche da bere.

La legnaia è fatta come Dio comanda, non ci cade una goccia d'acqua. Celestrino toglie i finimenti, lascia le briglie, le redini in pelle attaccate al morso, i cavalli mangiano la biada con carrube, si sente il loro frangere le croste con le ganasce. Celestrino rimedia anche un recipiente per l'acqua. Vede la stanza del vino, tante botti grandi e piccole, due tini. Tutto in ordine. Le botti grandi sono poggiate su robuste calastre di legno, ci sono imbuti grandi e piccoli, damigiane, fiaschi rivestiti di paglia. Accudite e accarezzate le bestie, entra nella locanda. Trova il focolare acceso, ma con pochi legnetti al centro di una stanza rettangolare che sa di fumo, Vereconda ha la candela di carburo in una mano, su un tavolo in legno una stearica a stoppino acceso, da una parete pendono padelle, un pentolino e molti manici in legno e di ferrosmalto. Gli occhi di Vereconda sono davvero neri.

– Quanto vuole per una notte?

– Dieci denari.

– Eccoli, li metto sul tavolo. Chi la cura la stanza del vino? Molto ordinata, mi è piaciuta. Chi le ha costruite le calastre?

– Mio marito Bernardo, un anno prima di morire.

– Mi dispiace, condoglianze signora.

– Grazie.

A un lato del cucinotto c'è la stanza del viandante,

un letto al centro con coperta di lana, in un angolo un portalavamo e un bricco con acqua, una sedia, la sputacchiera sotto una finestra, ai piedi del letto un vaso da notte bianco e un coperchio grigio con manico.

– Se vuole, signore, posso farle mangiare una minestra. I dieci denari già bastano.

– Che Dio glielo paghi signora Vereconda.

Carrettiere e locandiera, dopo almeno tre minuti di silenzio, cominciano a raccontarsi qualche storia di vita dei campi. Il marito di Vereconda era un contadino molto rispettato, potava a regola gli olivi e le viti, in tutto il Campidano di Cagliari lo chiamavano, era finito anche a Seneghe e Cuglieri che sono paesi famosi per l'olio, lo pagavano sempre bene, a scambio merce, tornava a casa a cavalcioni del somarello Basilio carico di robe e anche di soldi. Vereconda rivendeva le robe, e non solo a Bràgios.

Una mattina di febbraio il dramma: Bernardo cade da un olivo centenario nella campagne di un paese vicino, Borgofreddo. Muore sul colpo, dopo aver battuto la testa su un sasso. Aveva trentadue anni. C'era tutta Bràgios al funerale, il prete col cappello nero a punta di campanile cantava requiemeterna, deprofundi e in paradisu. Sei anni prima aveva sposato Vereconda e Bernardo nella chiesa di Sant'Isidoro. Era riuscito a costruirsi una casetta modesta, cucina grande e tre stanze, una - come a Foghesu - era l'intimoletto degli sposi, le altre erano state pensate per i figli che sarebbero dovuti arrivare. Il primo figlio, maschio, era morto dopo sei giorni dalla nascita. E così le stanze libere - quando ce n'era bisogno - venivano date a chi era di passaggio. Poche persone, perché Bràgios era Bràgios, non Venezia ma neanche Cagliari o Nùoro. A Vereconda, rimasta vedova di Bernardo, anche cinque denari in più facevano comodo.

La minestra era molto buona, saporita come quella che in paese preparava mamma Luisicca col formaggio acidulo. Vereconda mette sul tavolo anche un pezzo di pane e un boccione di vino, Celestrino ne beve due bicchieri. Guarda una piattaia appesa al muro con pezzi di rame di Isili e ceramiche, parla poco, è molto stanco, pure Vereconda è di poche parole. E di pochi sguardi.

– Be'! Io mi corico, sono affaticato, a domani. Già parto presto. Sperando che smetta questo disastro.

– Buona notte, già dormirà anche con questi fulmini e con questi tuoni. I denari li prenda, me li darà domani.

– No, no, li prenda lei. Suoi sono. Li lascio sul tavolo.

Piove ancora fortissimo, si sentono i nitriti dei cavalli, la casa trema per i tuoni, dalle finestre malandate entrano i lampi delle saette dei fulmini, poi il boato di un altro tuono, fortissimo, da fine del mondo. Vereconda e Celestrino si alzano dai loro letti e si ritrovano nella cucina, il fumo fa friggere gli occhi, il focolare è ormai semispento, come sonnambuli puntano verso la finestra per tentare di vedere questo diluvio di fine autunno, il vento rafforza le sue raffiche sotto un'altra bomba di tuono, Vereconda urla Oddio, nitriscono Fedra e Vulcano, un'altra raffica di vento spegne la candela di carburo. Nel buio di dentro e col diluvio di fuori, locandiera e viandante si urtano. Si scostano. Mi scusi, mi scusi. Sono attimi. E poi sotto il fascio accecante di un altro fulmine locandiera e viandante si ritrovano uno tra le braccia dell'altra, per un paio d'attimi restano immobili, si stringono pian piano, solo sospiri, incontro fra due mani, poi carezze ricambiate, arrivano ai baci senza dire neanche una parola. Per Vereconda il primo bacio, tre anni dopo la morte di Bernardo. Un nuovo fulmine illumina gli occhi di Vereconda. Le mani si stringono più forte. Pochi passi nel buio portano i sonnambuli verso la camera del forestiero. In una notte tempestosa è meglio proteggersi.

Bisogna tornare a Foghesu, portare le merci attese dai bottegai. Caffellatte, due biscotti, lunghi minuti di silenzio anche col sole che spunta da una collina di olivi, gli sguardi cercati col buio si incontrano alle luci del primo mattino tra qualche carezza mentre sono vive le fiamme dal focolare.

Suona la campana di Sant'Isidoro e il cielo la smette di bombardare acqua, vento niente, Vereconda guarda ancora gli occhi marron di Celestrino che si toglie la giacca per poter rimettere i finimenti a Fedra e Vulcano, la giacca la poggia su una sedia, va alla legnaia, ripassa per la casa del vino, dà il buongiorno e accarezza Fedra e Vulcano rimasti belli asciutti nella nottata di finimondo. Tutto è in ordine, morsi e staffe, il barroccio è pronto per un altro grande viaggio. Il predellino è protetto dal telone che diventa un altarino da Corpus Domini, il carrettiere adesso è lì, nel suo trono, come un re, come un santo. Impugna le redini che schioccano sulle groppe di Freda e Vulcano. Ajò. Brrrr, Ajò.

– Vereco': il sole tra un po' sarà alto. Ciao Vereco'.

– Ciao Celestri'. Grazie. Ripasserai?

In viaggio. Dài Fedra, dài Vulcano, ajò, brrrrrr. Strada facendo Celestrino si fa una cantatina, ricorda i tuoni e i fulmini, e pensa che una notte di bufera così bella non gli era mai capitata. Neanche nelle notti cagliaritane. E dice a se stesso: il 22 novembre me lo devo segnare in testa. Sorride da solo. Ricorda carezze e baci nel silenzio spezzato dalla buriana e procede guardando le vallate del Flumendosa, colline e rocce che conosce a memoria, la deviazione per la miniera di antimonio. Si ferma a Ballao, il paese di Fedra, mangia un tozzo di pane e beve un bicchiere di vino nella solita locanda, quella di Gennaro SetteSorelle. Sapeva di avere tre denari in tasca, già bastavano. Ma ci trova anche una banconota da dieci. Ma ne aveva una sola, l'aveva data a Vereconda. Capisce che era stata Vereconda a rimettere i soldi nella tasca della giacca. Celestrino, come era solito fare a casa sua, l'aveva lasciata poggiata sulla sedia in cucina.

Ecco il fiume, il villaggio nuragico della Fontana Coperta, la salita della vigna di Vittorio La Volpe, passa davanti al nuraghe dell'Orco, supera la sorgente della Pelle di Cane. In paese, dalla moglie Luisicca, arriva col buio dopo aver superato il rettilineo del Monte Grande e la discesa della Via dei Carri. La minestra di casa è calda.

– Molto stanco sei Celestri'? – chiede la moglie.

– Sì, stanco sono. Viaggio lungo e di notte anche tempesta, mi son fermato a dormire a Bràgios. Ma i cavalli hanno dormito all'asciutto.

Il focolare è acceso, un po' di brace, fiamme e anche qui fumo. La luna è alta. Esce e torna dai cavalli, biada, riempie d'acqua la bagnarola, lega i finimenti al tronco di quercia sotto la legnaia, una carezza solo sul muso di Fedra mentre Vulcano protesta con nitrito. Poi a letto. In camera arriva anche Luisicca che ha rimesso in ordine la cucina e gli dice: dormi, dormi, che ieri notte a Bràgios c'era anche la tempesta.

Le campane di San Pietro battono nove colpi. Celestrino crolla in un sonno lungo nell'intimoletto di casa.

Episodio 8

Dal Tirso all'Orinoco

Cabras, tratta da: *Franco Pinna. L'Isola del rimorso. Fotografie in Sardegna 1953-1967*, a cu
di Giuseppe Pinna, Imago Edizioni, Nuoro 2004.

Sempre affezionato alla festa di San Salvatore del mio paese, decido di andare a vederne altre di feste. Sento alla radio che a Cabras, paese di stagni, famoso per le battaglie dei pescatori contro i padroni dell'acqua raccontate nel libro *Baroni in laguna* di Giuseppe Fiori, faranno la "Corsa degli scalzi". Mi incuriosisce il nome visto che, da bambino, io e tutti i miei compagni e compagne camminavamo quasi sempre a piedi nudi. E poi anche la coincidenza di settembre: a Cabras festeggiano nella prima settimana, noi nella seconda. Nello stesso periodo a Nùoro, che è la capitale della Barbagia, c'è la Sagra del Redentore. Capisco che la festa è per lo stesso santo, cioè per Gesù Cristo da noi ribattezzato San Salvatore.

Con mia moglie Antonietta ci mettiamo in macchina e ci regaliamo un viaggio. Passiamo dai monti e dalle colline dell'Ogliastra pastorale, alle colline della Trexenta e della Marmilla contadine, quelle dove ci sono i campi arati a grano dominati dalla reggia nuragica di Barùmini. E poi le vaste pianure con i vigneti del Campidano. Varchiamo tre fiumi, prima il nostro Flumineddu e il grande Flumendosa, le vallate sono tutto un riconcorrersi di oleandri di mille colori, passiamo sotto un altro nuraghe importante a cinque torri, è detto Orrubiu, perché a pietre rosse di basalto coperto da licheni. Dopo Oristano, un altro fiume ancora più grande, il più lungo della Sardegna, chiamato Tirso.

Arrivati a Cabras vediamo gente in festa e la corsa: spettacolo che ci coinvolge, tanta gente scalza e con tuniche bianche, vanno dal paese al mare, verso la città fenicia di Tharros nella penisola di San Giovanni di Sinis dove, negli anni Sessanta del secolo scorso, avevano costruito un villaggio con saloon per farci riprese di film western.

Antonietta è incantata da torri e colonne alte che quasi sorgono dall'acqua, ci sono molti turisti. Ci fermiamo a osservare i corridori e mi ritrovo vicino un uomo che parla con altri di Venezuela, di Caracas e Maracay, del Palacio de Miraflores, il nome più ripetuto è Calabozo, gli sento dire che "il Venezuela è stata come una bella donna sfruttata e che pure godeva a essere depredata soprattutto dagli Stati Uniti pigliatutto, e non solo per il petrolio". Parlando parlando viene fuori la Seguridad Nacional. Così mi faccio coraggio.

– Buongiorno, anch'io sono stato in Venezuela, ci ho lavorato diversi anni.

– Ma tu non sei di zona, non hai faccia di queste parti.

– No, vengo da Perdasdefogu, sono qui per assistere alla corsa degli scalzi, non ce ne sono altre in Sardegna.

– Perdasdefogu? Dal corno della forca vieni, scherzo, io sono Tatano, tu come ti chiami?

– Pietro, anzi Pedrito, calzolaio e tappezziere in Venezuela, a Torino e in Sardegna,

– Con chi sei? A pranzo tu e tua moglie restate con noi. Andiamo in una campagna di mia sorella verso

Zeddiani, qui vicino, muggini arrosto già ne abbiamo. E anche riso. Mi chiamo Meli, senza esse finale.

– E io faccio Demontis, a esse finale.

Gli presento Antonietta. Lui mi fa conoscere la moglie Ofelia. Comincia un racconto che non avrei mai immaginato. Perché Tatano non smette di raccontare e commentare tradizione, archeologia e Sudamerica, sembra un professore.

Intanto incontro il primo coltivatore di riso in Sardegna dove sapevo solo di fave e patate, grano e orzo, pecore e capre ma riso no, roba solo continentale o straniera mi sembrava. Faccia simpatica quella di Tatano, un viso al primo aspetto duro per personaggi da film con cowboy pistole sceriffi e banditi che ne avevo visto anche quando ero sudamericano. Le prime frasi mi avevano fatto ridere:

– Sono passato dagli stagni di Cabras con i muggini e dalle sponde del Tirso dove sguazzano le trote, ai campi di riso sulle sponde dell'Orinoco dove ci sono caimani, coccodrilli e le anaconde.

Ci pigliamo subito. Gli dico del mio arresto, dieci revoltosos adecos buttati nel fiume in pasto ai coccodrilli.

– Ne hanno fatto anche di peggio, – dice.

– Per esempio?

– Avevo un dipendente di nome Alejandro, ventun anni aveva. Viene a chiedermi di lavorare perché povero e orfano, il padre Estevan era contro i militari ed era stato arrestato quando governava Jiménez, lo avevano buttato nell'Orinoco. Allo zio, tio Juan, avevano tagliato la vena del collo, la giugulare, con una lametta.

Dico subito a Tatano delle urla fra Miguel e il sergente Guillermo mentre la festa impazza con lanci di razzi, santabarbare vicino a una chiesetta, fucilate a salve in aria, ragazzi e anziani a calzoncini corti o in costume, launeddas e organetti, donne a tacchi alti e atleti nudi. Tatano vuol parlare di sé. Qui è stato presidente di una associazione detta Confagricoltura, poi racconta di centinaia e centinaia di ettari, spazi senza confini, zolle fertili e rigogliose. E dove l'acqua è un dono di Dio, un Dio venezuelano generoso, che non emette fattura. Qui un altro anno di siccità, laggiù il fluire di un fiume che si butta nell'oceano. E così l'azienda di Tatano, la Tiznado 2000, dal nome di un affluente dell'Orinoco che sfociava prima nel rio Portuguesa, diventa una multinazionale del riso collegata alla Riseria Provenaca, Tatano di Cabras santificato come Garibaldi, lo chiamavano il risicoltore dei due mondi. Perché dai nuraghi e dalle colonne di Tharros era passato alla patria di Simón Bolívar, il gigante Libertador che aveva affrancato dal dominio spagnolo la fascia nord del Sudamerica partendo proprio dal Venezuela. Dopo il colpo di Stato in Cile del 1973, conoscevo bene la canzone degli Inti Illimani che diceva tra l'altro:

Simón Bolívar, razón
Razón del pueblo profunda
Antes que todo se hunda
Vamos de nuevo Simón

Passano i corridori di bianco vestiti. Con Tatano e i suoi amici ci fermiamo in un'osteria, bevo vernaccia per la prima volta, tutti allegri. E poi la casa di campagna della sorella vista stagni. Sembra un pranzo da matrimonio, centinaia di persone. Mi fa sedere accanto a lui mentre in tavola c'è ogni ben di Dio, tutta roba di mare, pesci e molluschi, i muggini cucinati in tanti modi, anche crudi con erbe palustri e sale, cozze, arselle, granchi, bocconi, cannolicchi, una novità per me e Antonietta abituati in paese a carne di capra e maiale e quei tipi di frutti di mare non li sappiamo neanche mangiare.

Arrivano una decina di ragazzi che hanno partecipato alla corsa. Tutti a tracannare vernaccia e vermentino. Tatano domina la scena, parla, parla tanto e nessuno lo ferma. Racconta del suo impero, orgoglioso di quanto ha fatto, di aver dato lavoro ai figli e ad altri trenta operai.

– Alla Tiznado si produce più che sulle sponde del Tirso. La fatica non si vede ma c'è.

È un grande raccontatore Tatano.

– Bastano dieci ore di jet a diecimila metri di quota, qualche aurora boreale e il salto è bell'e fatto, da Cabras a Caracas, dal mare di Sardegna alle Piccole Antille. Altre quattro ore di macchina e giungi a Calabozo, regione dei Llanos. Quando nasce la Tiznado Domiza, amministratore delegato è Massimiliano, il più giovane dei miei quattro figli, rientrano ogni settembre in Sardegna proprio per la corsa degli scalzi "perché in paese è più bello, si sta meglio".

E perché Tatano è stato per anni il gran capo della festa. Ma tutto il resto dell'anno a lavorare laggiù, con i figli deve badare a 1400 ettari irrigati da acque dove con i coccodrilli nuotano anche tanti caimani detti baba. Terreno sconfinato al centro di una savana con scimmie e uccelli grandi e piccoli di mille colori,

Quella di Tatano Meli da Cabras - nato nel rione

"S'ùtturu de s'arèa", ex assessore comunale della vecchia dc balena bianca, oristanese, vicepresidente nazionale della Confagricoltura - è la storia straordinaria di un sardo che sa osare e porta risultati a casa. Che non si arrende davanti alle difficoltà. Faceva così anche il padre Giovanni, contadino: dissodava ogni anno sei-sette ettari nel Sinis e l'azienda cresceva. Domatore di cavalli, correva anche alla Sartiglia, la giostra equestre di Oristano. La mamma, Antonietta Carrus, aveva dato al mondo otto figli, due morti, tre sposate, Domenico e Peppino - il maggiore e il minore - agricoltori casalinghi a San Giovanni. Tatano sempre intraprendente, infaticabile, ma ogni tre-quattro mesi rientra a casa. Diventa portabandiera di un passaggio accelerato, esaltante, dalla società primitiva a quella industriale e adesso ai pixel di Internet. Perché anche il computer serve per coltivare il riso.

Poco conta se il piedistallo di partenza è una seconda elementare nemmeno ultimata "perché la scuola non mi piaceva, mi sembrava di stare seduto sui chiodi non sui banchi. Preferivo andare in campagna, camminare da solo all'aria aperta, zappare e arare, e poi portare le pecore al pascolo, prendere in spalla gli agnellini appena nati". Così fino ai vent'anni, tra i riti di un villaggio di pescatori e contadini, nel trapasso dal dopoguerra agli anni della prima rinascita. Poi il servizio militare tra Casale Monferrato e Torino con un grazie di cuore alla naia.

– Qui mi sgrezzo, le stellette migliorano il mio carattere, io che ero quasi un eremita imparo a stare con la gente, divento più docile e perfino ubbidiente.

Proprio simpatico Tatano in questa bolgia festiva.

Rientra in congedo ed è un innovatore comincia a

gestire il portafogli senza ricorrere a mamma e papà. Nel 1966 acquista il primo trattore con aratro e carrello, marca Landini 66 cavalli, costava un milione e mezzo di lire, uno zio firma l'avallo in banca. L'aveva comprato dal dottor Vincenzo Carta, il padre di Puccio, un ragazzo sfortunato, rapito dall'Anonima Sequestri Sarda e brutalmente ucciso. Coltivava gli orti di famiglia e produceva di tutto: barbabietole da versare alla Saccarifera sarda, carciofi, pomodori, prende sempre terreni in affitto e a mezzadria, li compra, con il guadagno acquista altri ettari dopo ettari nel Sinis e semina grano, orzo e bietole. Vende al libero mercato, pretende solo di essere pagato a pronta cassa.

– I prezzi li facevo io, a chi mi diceva che vendevo a caro prezzo rispondevo a muso duro: lascia pure, già vendo ad altri.

Col riso inizia nel 1970, suo caposcuola è stato Francesco Manca detto Cristolu che già si occupava di questa coltivazione. Prima dieci ettari col riso tipo Balilla, quello a grana tonda, buono per il minestrone.

Pedrito ascolta e apprezza. Tatano è in gran forma oratoria e continua. Insiste nel dire che aveva necessità di sempre maggiori spazi, ma di terreni in vendita ce n'erano pochi. Acquista un altro trattore, questa volta un Nuffield da 70 cavalli, finalmente diventa proprietario di una estensione di quaranta ettari nella piana di Gragòri, dalla Sardegna fa concorrenza ai colleghi della pianura padana, piazza sui mercati nazionali tutto ciò che produce, versa anche ai consorzi agrari di Pavia e di Casale, di Vicenza e Verona, tanta fatica ma la macchina gira. Nel 1977 deve sborsare 12 milioni per avere un essiccatoio anti-umidità per la granella di riso. L'impianto era vicino a casa, faceva un rumore del diavolo, di notte non si poteva dormire. Con un mutuo bancario riesce a comprare Tanca Molino, 370 ettari di ottima terra, nella zona dell'aeroporto di Fenosu. C'era pure il caseificio, il frantoio per le olive, perfino due classi di scuola elementare, la chiesa. Un tempo, fino agli anni Sessanta, ci vivevano un centinaio di famiglie alle dipendenze di Giovanni ed Emilio Siviero che l'avevano a loro volta rilevata, a fine Ottocento, dalla Cassa di Risparmio di Cagliari. Dopo la raccolta del riso, Tatano adesso ci fa le stoppie, pascolano quasi duemila pecore di suoi amici allevatori. Il piccolo contadino cambia pelle ed è un industriale affermato. Altri poderi a Zeddiani.

Io, piccolo calzolaio tappezziere, ascolto, sono pieno di interesse e ammirazione. Arrivano anche i primi segni di crisi. Imputata numero uno la siccità. Il Consorzio di Bonifica di Oristano non distribuisce nemmeno un litro d'acqua per il riso. Tornano i guai eterni per chi vive di campagna. Dopo la siccità le alluvioni. Da un disastro all'altro. Occorre darsi da fare, reagire. Tatano prova prima la strada dell'Albania, crea una società attorno a Tirana, ma tutto diventa un colossale fiasco. È a questo punto che nasce il desiderio di solcare gli Oceani. Tatano è a Roma, prende un caffè da Doney in via Veneto con amici della Confagricoltura. Spuntano i nomi dell'Argentina e del Venezuela, l'Orinoco e non il Tirso, le distese dei Llanos, la Virgen de Coromoto al posto della Madonna del Rimedio.

Il primo viaggio è del Natale 1995, ecco un'azienda di undicimila ettari, atterrano subito i figli, Alessandro e Massimiliano sono entusiasti del salto intercontinentale, Giampiero un po' meno. Tanto lavoro ma anche feste, pranzi e cene al ristorante-discoteca La Castañuela, carni eccellenti di manzo, sopas de cebolla cioè zuppe di cipolle, danze latino-americane. Tatano, che osava da ragazzo, può osare molto di più da adulto. Sceglie la zona di Calabozo, al confine con lo Stato di Apure. Affare fatto. Vedendo quelle grandi estensioni se ne innamora. Mi dice: – La terra è sempre terra, in Sardegna e anche in Venezuela, se hai l'acqua e la lavori non ti tradisce mai.

I Llanos sono attrezzati di campamentos da dove ammiri uccelli acquatici e trampolieri, ibis, cicogne, aironi, le grandi colonie di scimmie corocoro con la loro livrea rossa. Una sorta di paradiso terrestre dove puoi cacciare cinghiali e anatre a migliaia, dove in quaresima si mangia la carne di capibara, il più grande roditore del mondo. Ma l'ambiente selvaggio non basta. Comprare un'azienda non vuol dire nulla, occorre crearla l'azienda, disboscare, fare le strade, i canali di irrigazione, le canalizzazioni di collo. Mi dice: – Già lavora come uno schiavo il pastore ma anche per fare il riso devi sgobbare dall'alba a sole sceso. E mica ci sono i soldi dello Stato o mamma Regione Sardegna, no, li devi sborsare tu.

Manda avanti un'opera ciclopica. E Tatano fa di conto e diventa economista: in Sardegna la resa è di ottanta quintali di riso ad ettaro, in Venezuela di sessanta, un conto è disporre di un fazzoletto di terra, un altro di un lenzuolo gigantesco, abbattere i costi e massimizzare i profitti. Complessivamente in Sardegna Tatano produceva ventimila quintali, in Venezuela novantamila. Il ciclo produttivo qui dura centosessanta giorni, laggiù centodieci, il che vuol dire che talvolta si possono fare anche tre raccolti annuali. E c'è dell'altro. Lì il gasolio costa 80 lire, qui mille. La benzina 90 lire, qui duemila, l'acqua costa niente, la manodopera meno del settanta per cento. Disbosca un'intera savana di 275 ettari. Una pacchia? Non proprio. Trenta dipendenti in media. I salari sono bassi. Tatano spiega: noi sappiamo lavorare, i venezuelani no. A loro non interessa nemmeno il posto sicuro, si accontentano del giorno per giorno. Quando Tatano ha bisogno di lavori delicati deve portare gli operai da Cabras.

E in futuro? Il risicoltore guarda intanto alla nuova Europa, anzi all'ex Europa dell'Est. Dovrebbe tradire il Venezuela. Dice di doverci pensare con i figli, lì non ci sono né vincoli né regole ma è evidente che non sarà così per sempre. Le condizioni di vita di quella gente sono decisamente misere, al confronto in Sardegna siamo ricchi, benestanti. Il motore dell'economia venezuelana è il petrolio del bacino di Maracaibo. Ma molto c'è da fare. Tatano è preciso e ha una memoria di ferro.

– Il Pil pro capite è di 3480 dollari, in Italia è di 20.100, negli States di 26mila. La moneta è il Bolívar, ce ne vogliono 1300 per un dollaro USA. L'inflazione media annua tra il 1990 e il 1999 è stata del 49,9 per cento. Svetta all'83 per cento la popolazione che vive al di sotto della soglia di povertà. Forse ci vorrebbe un altro moderno Simón Bolívar.

Sono le quattro del pomeriggio della festa degli scalzi, Antonietta e Ofelia chiacchierano fra loro, Meli adesso mi fa salire su una jeep e mi fa vedere altre sue terre, racconta ancora la sua vita passeggiando tra i campi di Tanca Molino oggi affidati a uno dei figli. C'è un leggero maestrale mitigato dai canneti che delimitano l'azienda. Sullo sfondo panorami nuovi per un foghesino come Pedrito: il blu del mare verso San Giovanni di Sinis e il Capo di Mal di Ventre.

Tatano sale nel suo fuoristrada e mi porta alla casa di Cabras, pieno centro, dove si muove con eleganza la moglie Ofelia che ha sempre vicino la mia Antonietta. Due donne mediterranee, sorrisi pieni di luce. La signora Ofelia ha scelto di arredare le pareti con quadri di Guttuso, Meledina, Corriga, Tanda, Minieco, Spada, pittura internazionale e pittura sarda. Ci sono opere di Maria Lai, di Pinuccio Sciola e Mario Delitala. Una casa-pinacoteca. Lei accompagna sempre il marito nei voli transoceanici, insieme vanno al cinema e a teatro, a sentire concerti, a vedere musei. Tra queste mura si può parlare ancora meglio di Cabras, del paese dei "padroni dell'acqua del mare", della necessità di dare una svolta industriale e culturale alla gestione degli stagni. Si può parlare dello stagno che fu e che non dà più tante speranze. Ricordo questa frase:

– Sono stato assessore comunale all'agricoltura, di errori ne sono stati commessi tanti, occorre ripristinare i canali, garantire l'apporto di acqua dolce. E poi occorre un vero amministratore.

Gli chiedo che cosa fa la Regione. Risposta: – Ha distribuito troppi contributi alla cieca, ha diseducato la gente. Intendiamoci: l'agricoltura è assistita in tutto il mondo, ma qui non si pensa mai alla produzione, si dànno soldi e basta. Non è stato fatto nulla per scoraggiare le imprese individuali che poca fortuna hanno avuto e ancor meno ne avranno.

Così parlando si torna al riso di Sardegna e a quello del Venezuela, alla possibilità di creare un'altra società in Romania, forse in Ungheria: – Ci si arriva in tre ore di aereo da Elmas, guai a star fermi. Mi piacerebbe investire i pochi risparmi che ho in Sardegna, ma qui i lacci sono davvero tanti. Peccato, perché è una delle terre più belle del mondo. Ma è amministrata male.

Ecco perché il Tirso non basta. Finora ci ha pensato l'Orinoco col suo affluente Tiznado. Forse domani ci sarà il Danubio. E anche per quest'acqua europea Dio non emetterà scontrino fiscale.

La festa va avanti, balli in piazza e tante fucilate a salve. Decido di ripartire per Perdasdefogu: – Non se ne parla proprio, voi dormite qui, partirete domani. – Non posso dire di no. Prima di ripartire lo invito a venire a Perdasdefogu alla festa del mio paese. – Verrò di sicuro, con Ofelia.

In Venezuela le cose non buttano bene. Tatano Meli rientra nei primi anni Duemila. La salute non lo aiuta, anzi. Rientra in Sardegna, nella sua Cabras. Un terrificante incidente stradale, sedia a rotelle, sofferenze di ogni tipo. In Venezuela i figli non si trovano bene come nei primi anni, Chávez è al governo, c'è un nuovo colpo di Stato, l'ordine pubblico è fuori controllo. La Tiznado è in mano ai figli. Dicono: "La povertà dilagava, tante, troppe persone alla fame, frequenti gli assalti all'azienda, un far west, ruberie di ogni tipo, macchine e attrezzature, soprattutto man bassa di diserbanti e motoseghe, minacce, incendi, gli imprenditori stranieri portano i risparmi negli Stati Uniti e in Europa". Dopo Tatano lasciano anche i figli. Tornano ai lati del Tirso. Cinquecento ettari di risaie da seme con impianto a maggio e raccolti in ottobre.

A ricordare Tatano e Pedrito ci pensano i figli. Si incontrano due volte l'anno: a Cabras per la festa degli scalzi, a Perdasdefogu per San Salvatore.

Episodio 9

Il nido del gruccione

Porto Torres, tratta da: *Franco Pinna. L'Isola del rimorso. Fotografie in Sardegna 1953-1967*, a cura di Giuseppe Pinna, Imago Edizioni, Nuoro 2004.

La tragica scomparsa del padrone aveva cambiato la vita non solo alla famiglia del signor Mormino ma anche a tutti noi dipendenti. In particolare ad Aníbal, il collega-fratello di Caracas. A me poi, che avevo conosciuto il signor Giuseppe quasi bambino a Cagliari, e lo avevo eletto a mio secondo padre in Italia e in Sudamerica, quella domenica di morte mi aveva convinto d'un colpo a tornare, a rientrare nel paese dov'ero nato e rivedere il torrente sotto la vigna con la martora che si arrampicava sveltissima fra i tronchi e i rami del carpino nero che io conoscevo col nome sardo: àlinu 'e monte. Un albero bello, maestoso e raro al centro della vallata del fiume grande ricca di corbezzoli, ginepri, cisto, rosmarino, fillirea ed erica. Mi avevano detto che il suo legno veniva utilizzato per rivestire i pianoforti. I falegnami del mio paese - dove nessuno conosceva neanche la parola *pianoforte* - usavano s'àlinu 'e monte per costruire i raggi per le ruote dei carri a buoi, perché è un legno tenero, dolce, facile da modellare ma molto resistente una volta rinsecchito.

A Maracay avevo scoperto per la prima volta quella che si chiama nostalgia, la nostalgia della famiglia, delle mie strade, delle mie campagne, dell'amaca un po' rozza sotto il fico, dei miei amici, dei filari di fichidindia e anche del mio deschetto da calzolaio. Non mi era mai successo prima. Quando ero fuggito da Cagliari e poi da Genova, stanco e stufo di quella che giudicavo la noia della vita paesana e cittadina, mi ritenevo fortunato per non vivere più tra pietraie, orti e ovili. Salpato lo Stretto di Gibilterra e l'Oceano avevo capito il valore della vita normale, semplice, al buongiorno che dai e ricevi da tutti. Ma soprattutto, volevo sposarmi. Antonietta abitava a sessantatré passi da casa mia. Si affacciava alla finestra seminascosta da un albero, l'albero del gruccione che tra i rami più alti faceva il nido. Ci guardavamo negli occhi solo per pochi attimi e lei richiudeva subito gli scurini. Ma ero sicuro che aveva capito, soprattutto dopo la processione del 1950 col Cristo morto e la Madonna vestita di nero per il Venerdì Santo.

Eravamo vicini per caso, come si usa quando si accompagnano i santi, bisbigliavamo i canti a voce bassa senza sbirciare un volto. Quel rito, con parlata ancora una volta spagnoleggiante, lo chiamiamo Su Marrugau, il prete ci aveva spiegato che è come la *madrugada* spagnola, cioè il primo mattino, "forse il momento in cui Cristo muore sul Golgota" aveva detto un frate a barba lunga venuto a predicare le Quarant'Ore da Alghero. Processione quasi tutta in latino, dallo *Stabat Mater Dolorosa* ad *Adoramus te Christe*, croce di legno, rosari, lumini per le viuzze malandate e buie del paese dove non si conosceva ancora la corrente elettrica. Don Mura, bassotto e paffuto, cappello tricorno con fiocco vistoso in velluto, cantava con voce baritonale, gli rispondeva il capo-chierichetto Felice, sempre a cotta bianca e il libretto delle preci tra le mani.

Con me avevano deciso di rientrare anche i cinque

compagni siciliani, Cesare e i suoi cugini Ezio di Catania e Carmelo di Enna seguiti dai fratelli Tore e Augusto di Ragusa. Ad Augusto, proprio la sera prima dell'incidente, Mormino aveva prestato 200mila lire da spedire, con vaglia postale, ai genitori malati in Sicilia. – Me li ridarai quando ti sarà possibile, – gli aveva detto, aggiungendo: – La tua busta paga sarà sempre la stessa.

Mi metto in viaggio e a casa non scrivo nulla. E neanche ad Antonietta, perché poi, anche se il postino Natale è corretto nel suo ruolo di bocca cucita, chissà perché, tutti verrebbero a sapere che le è arrivata una lettera dall'America. Il mio paese, ogni paese, ogni città del mondo mormora, mormora sempre. "Il murmure è l'attività principe di Foghesu" aveva sentenziato nei primi del Novecento un commissario prefettizio di nome Egidio e di cognome Castiglia giunto da Sassari, rispettato di casa in casa perché dava consigli gratuiti per le cose burocratiche e poi, soprattutto, perché aveva fatto costruire la prima fontana con rubinetto. Qualcuno lo chiamava "il commissario dell'acqua". Prima di lui si beveva dalle pozze delle sorgenti dove andavano ad abbeverarsi mucche, cani e uomini. Uomo d'onore era Castiglia, diceva cose giuste perché le giornate paesane passavano e passano anche spettegolando. Insomma, quando arriverò in paese mi vedranno e, se a qualcuno interessa, racconterò la mia vita. I colleghi siciliani sarebbero partiti qualche settimana dopo, con promessa di scambiarci le visite sia a Foghesu che a Catania e così, in un altro mare che non è il Tirreno, avrei visto il vulcano dell'Etna studiato nei libri di scuola con Maestro Tito. E avrei seguito la loro festa per Sant'Agata e poi li avrei fatti venire da me per San Salvatore e avrebbero seguito la gara poetica in sardo logudorese.

Avevo pochi bagagli e un bel gruzzolo di soldi tra la tasca dei pantaloni e quella interna della giacca. Duecento dollari li avevo nascosti dentro la scarpa, non si sa mai. Rientravo con la stessa valigia di cartone con la quale ero arrivato, ci infilo anche la targa *Pedrito de Cerdeña*, la farò vedere a Gennaro e Pietro che mi battevano sempre quando facevamo la corsa andata e ritorno di cinque chilometri attorno ai laghetti dell'Acqua Gelida. "La maratona di Foghesu" l'aveva definita un insegnante elementare giunto da Dorgali, Bruno Mulas, che molto piaceva alle ragazze e anche a donna Immacolata sposata a un maresciallo dell'Arma: nei dopo pranzo, gli offriva il caffè nella casetta isolata del Fosso, poco più sopra della conca del lavatoio dove le donne, strofinando panni e abiti con sapone e lisciva, bisbigliavano su amori e beghe tra le mura delle case. Anche loro mormoravano. L'ora del caffè da Immacolata coincideva quasi sempre con la perlustrazione del marito-maresciallo in jeep per le campagne del paese.

Acquisto a Maracay il biglietto per il transatlantico della flotta Costa. Inizia un altro lungo viaggio, questa volta senza tempeste e senza annunci di disastri aerei. E ritornano i soliti interminabili sogni di vita paesana su quelle poltrone-supplizio del passaggio ponte riservato a operai in cerca di lavoro e migranti in cerca di un tetto. C'è uno sciopero, in Venezuela non ne avevo visto uno. Da Genova non viaggia la nave per Porto Torres, mi salva il treno per Civitavecchia dove prendo il traghetto "Grazia Deledda" della Tirrenia diretto a Cagliari. Non chiudo occhio. All'arrivo, nel Golfo degli Angeli, da una parte i monti di Capoterra, dall'altra appare una Cagliari bellissima, in alto svetta la cupola del Duomo in Castello, in basso la basilica di Bonaria, imponente, a cupola bianca. Si sbarca. Risento subito voci e parlate sentite da bambino, dico a me stesso "Seu in sa terra mia", sono a casa mia, mi sembra che il cuore batta già più regolare. Due bambini passano con cestini pieni di pesci, risento voci familiari per dire che "a straccu barattu", a prezzo stracciato, vendevano orate e mormore del mare di Sant'Elia pescate al largo di Capo Carbonara. Mentre scendo la scaletta, smetto di essere Pedrito e in un attimo ridivento Tittone. Sono le otto e 34 minuti di sabato 18 luglio del 1959. Era già caldo di primo mattino. Sento urlare di nuovo il mio nome, Tittone, Tittone. Intravedo subito un paesano, Angelo il cacciatore fratello del sacrista, di cognome faceva Tegas, era a Cagliari per rifornirsi di cartucce a palla sola per far fuori i cinghiali e cartucce a pallini per lepri conigli pernici e beccaccini. Angelo è ai piedi della scaletta, mi viene incontro.

– Salute, tornato sei?

– Già mi vedi, tornato sono. Come stai?

– E tu in America?

– In Venezuela ero, non in America, quella è di New York, la capitale del Venezuela è Caracas, ci passa l'Orinoco con i coccodrilli, vivevo a Maracay, guadagnavo bene e mi trattavano come un figlio. Ma in un incidente stradale è morto il mio padrone e sono voluto tornare da Celestrino e da mamma Luisa. Mi sono accorto che il paese mi mancava.

– Qui, però, soldi non ne farai molti, – Angelo parla a ruota libera. Dice: – A Foghesu il lavoro mancava quando sei partito e manca adesso che sei tornato, anche se c'è il poligono militare con quelli dell'Aviazione che lanciano razzi e missili. Forse ci sarà lavoro ad Arbatax dove vogliono costruire una cartiera. Ma molti se ne stanno andando a Torino alla Fiat o in Germania alla Volkswagen di Wolfsburg, qualcuno anche alle miniere in Belgio e Germania.

Angelo fa un elenco lungo e prosegue con le sue cronache dell'emigrazione. Vittorio fratello di Veneranda prima ha lavorato a Salerno poi è finito in Brasile a costruire scheletri di lavatrici in ghisa. Giampaolo, figlio di Orazio Dell'Osteria, si ritrova ad Amsterdam in un cantiere navale poi in una fabbrica di radiatori, Ninuccio di Ferdinando in una miniera francese. A Parigi era diventato popolare Agostino di Buonanotte: era un provetto manovratore di gru, ne aveva montato una da 112 metri per costruire un palazzo di 34 piani nel rione Paris Saint Germain. Il titolare dell'impresa, Pétanin di cognome, gli aveva regalato duemila franchi perché - gli aveva scritto in una lettera con i soldi dentro - «non ho visto nessuno tener conto del bilanciamento del braccio della gru Pangon, hai fatto un capolavoro per la sicurezza del cantiere». Quando era rientrato in paese aveva raccontato a tutti questa prodezza che era rimbalzata tra i paesi di Monte Corongiu e dei Sette Fratelli. E Agostino, piccolo di statura e buono come il pane caldo, si sentiva un gigante.

Io ascolto e ricordo. Angelo è sempre stato un libro di storia paesana. Riprende quasi a compilare un elenco degli emigrati di casa nostra. Dice: – Un grande successo lo ha avuto Benito il sarto, il figlio di Amarognolo. Lo hanno preso a Roma da Caraceni dove arrivavano clienti attori tipo Gary Cooper e Tyrone Power, ci vanno Totò, Gianni Agnelli e Andreotti.

Ascolto con piacere e interesse. In Francia, sempre a lavorare nei grattacieli, fuggono anche Beniamino fratello di Palmiro e Paolo figlio di Chicco il muratore comunista. Proprio Paolo era stato scelto dal parroco della Basilica del Sacré-Coeur per rimettere in sesto la pavimentazione della grande cappella, vicina alla cantoria, dove era stato sistemato l'organo maggiore. Successi di operai provetti ma anche dolori. Tanti. Un emigrato, Cesare Mura, era morto sul lavoro schiacciato da un macchinario in un cantiere edile di Kirchheim unter Teck vicino a Stoccarda.

– Non immagini la tristezza nelle case del paese, anche quando rientra la salma, la vedova Carrula intona i canti funebri *Coro Meu*, il prete parla dal pulpito delle stragi sul lavoro.

Un giovane, Valentino Mura, figlio di Liberato, la casupola vicino alla chiesa di San Sebastiano, muore a 25 anni in moto, lavorava a Hoensbroek, provincia del Limburgo, nelle miniere Emma di carbone, era stato falciato da un camion che trasportava minerali.

– E tu? Tu sei finito nel corno della forca del Venezuela. Insomma, sempre in giro per cercare lavoro siamo noi sardi.

– Hai ragione, qualche cosa me la inventerò anche adesso. Mi dispiace per Cesare e per Valentino. Ti sei dimenticato dei nostri morti a Carbonia, uno ucciso da una mina, l'altro da una scarica elettrica. Era successo nel 1951. Il primo era Amerigo Puddu detto Annèro e l'altro Mario Lai figlio di Polvere da Sparo. Lo sai che nelle miniere sarde in trent'anni ne sono morti più di milletrecento? Anche altri due di Perdasdefogu erano tornati in paese dentro una bara. Era successo nel 1946, io avevo dieci anni: il 9 aprile la malasorte tocca a Giovanni Murgia, travolto da una gabbia in manovra nelle miniera di Serbariu. Colpito in testa da una gabbia d'acciaio, poveraccio. Un mese dopo, il 4 maggio sempre a Serbariu, muore Pietro Melis, aveva 18 anni. E sai perché? Si era staccato un blocco di roccia al livello 23 del pozzo 3, c'è rimasto secco, schiacciato, neanche le ossa della testa avevano potuto ricomporre, piangeva tutto il paese a quel funerale. Miniere di morte. Uccise anche duecento bambine fra i dieci e quindici anni, cernitrici le chiamavano. *Morti bianche* titolavano i giornali, ma erano morti rosso sangue, vittime di infortuni per assenza totale di sicurezza. Per non parlare dei minatori che crepavano di tosse e di asma con i polmoni asfaltati dalle polveri del carbone. Morivano anche vicino a noi, nelle miniere di antimonio tra Villasalto e San Vito. Povera gente. Basta, basta, parliamo d'altro. Cercherò di arrangiarmi, come ti dicevo. Noi abbiamo terreni da coltivare, e la terra ti dà il pane, non lascia mai a bocca asciutta. La fabbrica licenzia, la campagna no, è onesta ed è sempre lì, non scappa, ti dà quello che può. Nella vigna grande a lato fiume abbiamo anche molti olivi, venderò vino e olio. E continuerò nell'arte mia, facendo sempre scarpe per uomini e donne, per poveri e ricchi.

Vago per la città e incontro altri amici foghesini. Basilio che vendeva scarpe di marca ma non era ricco e intraprendente come Mormino. Ughetto del Maresciallo che si era diplomato geometra seguito dal fratello Ennio. Zio Manuele il poeta che aveva bottega in piazza di chiesa ed era sceso per far compere. Zio Mario Pitzalis che da marinaio aveva conosciuto tante donne, raccontava orgoglioso e mostrava fotografie. Incontra anche Fiorenzo di zia Agatina. Si abbracciano, Fiorenzo gli dice: – Andiamo al bar, ti invito, mi sono laureato in Economia.

Era il quinto dottore paesano. Il primo - salutato dal suono della campane di San Pietro - era stato il dottor Salvatore Spano, figlio di famiglia contadina, diventato medico a Genova nel 1911. Il fratello, il canonico Priamo, nella sua casetta delle Aie Piccole, mi aveva fatto vedere i tanti fogli della laurea, battuti a macchina erano. Nella copertina, in cartoncino grigio tenuto con borchie che mi parevano di ottone, c'era scritto: «Notizie sopra alcuni veleni usati dai selvaggi dell'Asia, dell'Africa e dell'America e ricerche sperimentali sopra un veleno proveniente dal Congo Belga».

Medico anche il secondo laureato, 46 anni dopo, Aldo Mameli, figlio del Maestro Felice ex segretario fascista. Terza laurea per una donna, la prima dottoressa del paese – dicevano con orgoglio - "in Belle Lettere", Lidia, sorella di Aldo. Avviene sempre nel 1959, tesi sul dialetto di Perdasdefogu proposta da un professore di Bonorva, Antonio Sanna. Lidia analizzava alcune parole usate nel 1927 da Wagner, Su Tedescu, il professore-linguista-fotografo che aveva dormito a casa mia.

Mentre ero in Venezuela l'analfabetismo aveva cominciato a scendere. Era una bella cosa. Si laurea anche un terzo figlio di Felice, Tullio, ancora in Medicina, tesi in Radiologia col professor Vincenzo Racugno di Jerzu prima di ottenere tre specializzazioni tra odontoiatria e pediatria. Per ogni laurea si faceva festa con caffè e biscotti e anche bicchierini di Anisetta o Ferrochina e così i foghesini si sentivano importanti.

Dopo il brindisi al bar, Fiorenzo mi saluta: – Devo prendere il treno per Carbonia, mentre tu eri in Venezuela ho fatto il minatore e con i soldi del carbone mi sono pagato gli studi. Col nuovo anno scolastico insegnerò Matematica al liceo classico.

Gli faccio gli auguri: – Anche a me sarebbe piaciuto studiare.

La corriera blu per Foghesu parte dal piazzale della stazione con l'orologio grande, è a pochi passi dal Municipio con le due torri bianche di Cagliari. C'erano molti paesani, Arba macellaio di Ballao e due fratelli Furcas di Escalaplano, di nuovo abbracci, pacche sulle spalle, tutti a dire "Tornato sei?", riprendo a parlare in sardo, mi sento rinato.

Attraverso tanti paesi, prima Dolianova, poi quelli dove mio padre passava col calesse. Respiro a pieni polmoni quando vedo le pareti del Nido dell'Aquila e il corso del rio Flumineddu, in piena anche d'estate. Passiamo sul ponte di pietra, sulla parete che porta all'ovile di zio Duilio c'è il tempietto nuragico a pozzo, ecco i tacchi di calcare di Trèmini dove nidificano grifoni e poiane. Mancano pochi chilometri, presto sarò a casa, chissà se vedrò Antonietta.

Scendo alla fermata classica, quella tra la canonica e l'osteria dei Depau. Mi sento festeggiato mentre attendo che, dall'imperiale della corriera, il bigliettaio signor Olla mi consegni la valigia. Si sta facendo buio.

Mamma non crede ai suoi occhi, Tittone, Tittone, le sorelle mi abbracciano forte. Quando entra mio padre, con la bisaccia sulle spalle, le parole non sono molte.

– Viaggio buono hai fatto?

– Sì, mare buono, a Cagliari ho incontrato molti paesani. Come state?

– Molto ti fermi o torni a fare scarpe in America?

– No, resto qui. E mi sposo. Domani vado a chiedere Antonietta, la domando a zio Salvatore.

– Così si fa, per educazione. Una figlia, per prima cosa, si chiede in sposa al padre. Per primo deve volere il padre. Se vai, digli che prima della cena passo io a stringergli la mano e a bere un sorso.

La cena è quella di sempre, minestra con acqua, formaggio acidulo e pezzetti di patate. Babbo affetta un po' di prosciutto. – Lo taglio per lui che è tornato, – dice a mamma. Sorelle e fratelli non aggiungono un *be*, mangiare prosciutto non è da tutti i giorni. Mamma, invece, dopo avermi baciato, traccia una croce sulla fronte e mi stringe fra le sue braccia con tanti Figlio mio. Era andata a casa di Silvia di Italo a farsi dare una formella di pane dolce, quello della Candelora, portato in processione come fosse un'ostia consacrata e poi benedetto in chiesa dal prete che intonava *Panis Angelicus*. Mamma lo affetta, mette in tavola un fiaschetto di vino da messa. In sardo dice che è per festeggiare il mio rientro ("Già era ora" aggiunge). Mi ribaciano anche le sorelle e un fratello, babbo muto davanti al caminetto, tra le labbra un mezzo sigaro toscano a fuoco dentro. Solo una sorella, Giuseppina, mi dice sottovoce: – Devi dirlo anche ad Antonietta, deve decidere lei non solo il padre.

Di mattina il grande passo. Cambio pantaloni e camicia, brillantina Linetti sui capelli, vado a casa di Antonietta. Nel cortile c'è la mamma, zia Fortuna.

– Buon giorno, volevo parlare con zio Salvatore.

– È ai buoi, cosa urgente è? Quando sei arrivato? Tornerà all'ora di pranzo.

– Già torno in pomeriggio. Sono arrivato ieri.

– Vai in buon'ora. Saluta Luisa.

– Eja.

Appare Antonietta, sta rientrando dalla Fontana di Su, in testa la brocca d'acqua poggiata su un cercine.

– Ciao Antonie'.

– Ciao.

– Stasera vengo a casa tua a parlare con tuo padre.

– Giogo di buoi devi comprare?

– No, no. È per un'altra commissione.

– Cose di uomini saranno.

– Di uomini e di donne. E la donna sei tu.

Scappa. Mi saluta con appena un accenno di sorriso, tenendo la brocca con la mano destra. Le esce anche un arrivederci che mi sembra un abbraccio, un sì, quasi un bacio ancora mai dato, e lo sogno lungo e lento. Mi sento già fidanzato, dico a mamma che di sera andrò da zio Salvatore. Prima di me, prima dell'imbrunire ci va babbo, senza dirmi o chiedermi nulla. Il fidanzamento è ufficiale, matrimonio garantito, *coja assegurada* diciamo in paese per annunciare le nozze prossime venture.

Ogni domenica andiamo ormai insieme alla messa

cantata, io nella navata degli uomini sotto l'Arcangelo Gabriele, Antonietta in quella delle donne vicino al confessionale di castagno. A messa finita camminiamo a mano presa, qualche ballo in piazza. Una sera, di Ferragosto, il primo bacio vero rientrando a casa. Ci porta fortuna l'albero del gruccione. Intorno nessuno.

Quella stessa sera decido di andare a dormire alla casa sul fiume, dove c'è l'orto, la vigna e tante piante di pere, prugne e olivi. Ci arrivo all'imbrunire percorrendo la strada della Fontana Perenne di Maria Raspa. Sono felice, penso ad Antonietta. Mi sembra questo il vero ritorno a casa, qui da bambino venivo col carro a buoi, una volta anche in groppa a Pazienza, l'asinello bianco di zio Ilario. A dodici metri dal cancello della nostra tenuta scorre il torrente Su Luda, acque che scendono chiassose dai monti di Ulassai, chiare che ci vedi trote, anguille, e tanti girini neri sulla superficie. Risento il concerto delle cascatelle che danno verso l'orto del Bue Zoppo e dove andavamo a lavarci mani, faccia e collo prima del pranzo o della cena. Pochi passi, cammino su tratturi di pietre coperte da muschi verdeforesta, qua e là spuntano felci nane, mia madre le coglieva per avvolgerci i formaggi freschi d'ovile e per farci i dolci di Natale a forma di Stella di Davide. Sento un rumore da bosco, sul tronco di un fico vedo la coda di una martora. L'avevo notata spesso giocare tra i rami e le foglie del carpino nero, forse la sua pianta preferita. Come sempre è agilissima, manto più giallo che arancio, gattona sul ramo, ho desiderio di vedere i suoi occhi da furbetta, salta come fosse Tarzan, sto fermo perché lei di cristiani non ne vuol proprio vedere, sa che userebbero un fucile per farla fuori e vendere la coda per le pellicce delle signore di Cagliari e Milano. Guardo in alto, è ferma, mi nascondo tra due alberelli di viburno ancora in fiore, sono mimetizzato dalla base folta di un oleandro rosa circondato da sterpi ed erbe spontanee, per terra la carcassa di una lepre, forse Furbetta era proprio qui a pasteggiare. Non mi muovo, trattengo il respiro, vedo il suo musetto e gli occhi accesi, non è piccola, i suoi anni li ha, fa un salto lungo verso una quercia da sughero e scompare.

L'avrei ringraziata per lo spettacolo, benedetto da una mezzaluna bianca che tra un po' scomparirà dietro l'Ovile dei Banditi e il pianoro di Santa Vittoria. Entro nel casolare, c'è la solita catasta di legna per accendere il fuoco, un fiasco di vino nero, mangio pane, formaggio e due pere rubate dall'orto del mio vicino, Gino Il Barbiere, quello che all'esterno della sua bottega aveva messo un cartello dove si leggeva: «Qui si taglia barba e testa».

Vado a riposare nel mio letto al piano di sopra, scaletta di legno, soffitto in canne popolato da gechi, intravedo uno scorpioncino. Il materasso è ancora quello di crine, la coperta è sempre la stessa di lana pungente, sul comodino un mozzicone di stearica, ci sono pure i fiammiferi. Sento il canto dell'assiolo, arriva dall'orto di Torbeno NasoLungo, gli risponde un altro assiolo dal mandorleto di Cesare AggiustaPentole. Ripensando al bacio di Antonietta cado in un sonno profondo.

Mi risveglio all'alba, felice, due ghiandaie si rincorrono tra corbezzoli e ginepri, gracchiano forte come sanno fare solo loro e il corvo reale. Caffè d'orzo. Vado nell'orto, avevo portato con me un po' di semi di pomodori sardi, pomodori nostri, è già tardi per seminarli, ma li mangerò per la festa. Smuovo la terra, bella, nera, preparo tre solchi. Nei campi, sotto il bosco, un mare di fiori gialli, primule bianche, ai bordi delle strade tanti tipi di orchidee selvatiche, dominano quelle superbe in bellezza che noi chiamiamo Sennoricca e Carabineri.

Innaffio come usa mia mamma, facendo scorrere l'acqua con delicatezza, piano, perché possa penetrare goccia a goccia nel terreno. Passa un vecchio pastore, Giovanni di zio Salvatore, sulle spalle la pelle di lana grezza che usava suo bisnonno Eracleo, un bastone di olivastro sulla mano destra, sembra Abramo della Bibbia, mi chiede del Venezuela e io gli chiedo di Foghesu e della sua famiglia, mi dice che: "Va bene quello che va bene," e che: "il resto rotola." Bastano poche parole. Prosegue per la sua strada con le pecore da riportare all'ovile del Caprone, fischia forte mettendo l'indice in bocca e riappare un bastardino chiamato Orgolesu. Gli dico che devo rientrare in casa e risento una frase antica ma che è piena d'affetto sincero: Bai in bon'ora, Vai e che tutto ti vada bene.

Arrivo in paese che è sera e saluto tanti paesani e paesane. Prima passo da Antonietta. È seduta davanti al camino. Vedo un bell'abito bianco. Poche parole mie, poche parole sue. A dormire a casa di mamma Luisa.

Domenica 22 luglio 1962, festa di Santa Maria Maddalena, ci sposiamo nella stessa chiesa dove si erano sposati i nostri nonni e i nostri genitori, viaggio di nozze non si usa, basta il fisarmonicista Picossariu e il suo allievo Pasquale con valzer, mazurche e anche i tanghi, gli stessi che si ballavano al Centro Italo-Venezuelano di Caracas. Eravamo in ventisei per il pranzo. Anche regali ci fanno. Ci sistemiamo in due camerette a casa di mio suocero. A noi bastano. Riprendo il lavoro usato. Qualche volta andiamo insieme alla vigna sul fiume. Momenti dolcissimi sotto l'albero di mele, col sole alto e anche sotto le stelle e la luna. Non riesco più a vedere la martora. Solo volpi e poiane in volo. Anche l'aquila qualche volta.

Con i risparmi del Venezuela comincio a costruire la mia casa, uguale a quella vista a Maracay, la casa del ciclamino. Questa la dipingerò di bianco e giallo. Mi aiutano i fratelli, mi aiuta anche Antonietta, mio padre sempre col calesse e con la macelleria. Mia madre bottegaia e locandiera, arrivano i primi insegnanti delle scuole medie e qualche camera la dà in affitto. I soldi dentro la caffettiera-cassaforte, nella madia chiusa a chiave.

L'attività principale è il mio deschetto di calzolaio. Il lavoro è davvero poco, aveva ragione Angelo quella mattina del mio arrivo al porto di Cagliari. Poco lavoro e pochi che pagano in contanti, qualcuno propone ancora il baratto, ti do olive, grano, orzo, ti aiuto in campagna per la vigna e per le fave e tu mi fai le scarpe di suola e di vacchetta.

La mia campagna, ve lo ricordo, era a lato del Rio Su Luda. Scorreva a venti metri, delimitato da lunghi filari di ontani, oleandri, erbe medicinali, fra tutte l'equiseto. Molta gente andava a raccoglierne a fasci perché dicevano che era un'erba medicinale, si potevano fare impacchi che curavano malattie urinarie e soprattutto riduceva l'infiammazione della prostata.

L'arzillo e chiacchierone zio RubaDonne predicava che "l'erba di cavallo del fiume ti fa restare maschio anche se sei malato". E tutti a ridere e a dirgli sbruffone, per la verità, zero eleganza, lo chiamavano culu apertu. Il nome sardo dell'equiseto era preso dall'italiano erba cavallina, da noi *erba 'e cuaddu*. Quando qualcuno guariva (ed era successo anche a zio Ruggero PortaCroci) veniva nobilitata come *erba meraculosa*, erba dei miracoli.

Sopra la vigna c'era una miniera di antracite. Dicevano che era il carbone col più alto potere calorifero, molto più del litantrace e della torba. In alcuni tratti delle pareti delle gallerie si poteva ammirare una sorta di barriera corallina formato Sardegna con resti fossili di pesci, anemoni, polipi, animaletti di tutti i tipi. Lo aveva detto un geologo arrivato da Iglesias, capoluogo minerario della Sardegna occidentale, si chiamava Luciano Ottelli. Non era sardo ma conosceva come nessun altro tutte le miniere sarde, a Iglesias e Carbonia, Ingurtosu e Monteponi, l'Argentiera di Sassari e le gallerie di antimonio di San Vito, la miniera del rame di Gadoni detta Funtana Raminosa. Il dottor Ottelli era stato anche direttore del Parco Geominerario Storico e Ambientale della Sardegna. Quando aveva visitato la piccola miniera di antracite sopra la mia vigna, io c'ero. Aveva detto al sindaco: – Dovete valorizzarla, metterla in sicurezza perché adesso è pericolosa, è un gioiello dell'architettura mineraria sarda. – Mi ero sentito fortunato e importante ascoltando quelle parole. Ma quella miniera chiusa è rimasta. E vietata all'ingresso.

Dai paesi vicini veniva tanta gente per ordinarmi scarpe nuove. Scarpe eleganti anche per signore e tanti, tanti scarponi e gambali da pastore e da contadino. Per fortuna, con i risparmi venezuelani, avevo comprato tante forme, di varie dimensioni, con tutti i numeri di piede, le avevo acquistate in giro per l'Italia in compagnia di Antonietta che, non senza paura, aveva fatto il primo viaggio in aereo. Prima una fabbrica tra Roma e Ostia, poi un'altra ditta a San Miniato alle porte di Pisa. Vado anche a Vigevano per acquistare due Singer: una per cucire tomaie, un'altra per i fondi di scarpe in cuoio, prendo anche scarnitrici e un banco di finissaggio, in piccolo c'erano gli attrezzi della Zapatera Industria Mormino. Le forme più belle - con fibbie, suole, tacchi, tomaie, semenze, pece, spago anche pelle e finta pelle - le avevo ordinate da un artigiano di Tolentino, nelle Marche: erano in legno di cedro, forme a punta tonda e a punta quadrata, collo alto e collo basso, anche diversi tipi di allargascarpe, perfino una decina di forme per fare scarpette con i tacchetti per giocare a pallone. E poi trincetti e lesine, pinze e tenaglie. Tutto avevo esposto in uno scaffale dietro il mio tavolinetto da lavoro, sembrava una libreria, niente libri ma "forme di piedi di legno" aveva detto un avvocato venuto da Cagliari per mettere pace tra fratelli e sorelle in lite per una importante eredità. Con i forestieri un po' di soldi entravano a casa e potevo rifinire muri e camere, comprare i primi elettrodomestici. Era già nato Massimo.

Una sera, alla televisione, seguo un programma sulla Fiat di Torino, sento le testimonianze di tanti operai partiti dal Sud e dalla Sardegna. Ascolta anche Antonietta, lei è d'accordo a trasferirci in Piemonte, anche per pochi anni.

Viaggiamo in nave, non in aereo. Da Genova treno

per Torino. Ci resto tre anni, guadagno bene, la vita di fabbrica mi piace, mi piace l'organizzazione industriale, la busta paga garantita ogni primo lunedì del mese, capisco perché il Nord Italia è ricco e noi poveri in canna. Mi piace stare insieme a tanti colleghi, penso ai pastori che stanno sempre soli nell'ovile, vado volentieri alle assemblee sindacali, imparo tante cose, capisco quanto è importante avere comunque un contratto di lavoro. Il mio reparto è la tappezzeria. Otto ore al giorno. Mezz'ora di pausa per il pranzo. Per me calzolaio è quasi la stessa cosa. Il caporeparto era molto pignolo, signor Arnaldo si chiamava, di Biella. Dopo un anno e mezzo Antonietta rientra in paese, nasce Giampaolo, io mando i soldi ogni mese, quando posso prendo l'aereo e passo qualche settimana con moglie e figli, la famiglia cresce, nasceranno Stefania e Michela.

Sotto la Mole non mi sento solo. Con i colleghi del reparto tappezzeria c'è un buon accordo. Poi incontro tanti paesani, anche loro emigrati in cerca di lavoro e felici di far soldi costruendo macchine negli sterminati saloni di Mirafiori. C'è Luigi Murgia figlio di zio SetteSono, cosiddetto perché giocando alla morra - ed era un campione - era pressoché imbattibile. Scagliando la mano, quando immaginava che le dita in gara fossero sei o sette urlava SeiSono, SetteSono e quel soprannome si è beccato. Il fratello Salvatore va in Svizzera a fare il carpentiere e spesso rientra da Luigi SetteSono che lavora alla Lancia, reparto carrozzeria e verniciatura, è attivista sindacale della Fiom, partecipa agli scioperi, abbraccia Enrico Berlinguer quando c'è la manifestazione e l'occupazione ai cancelli di Mirafiori, fa il servizio d'ordine quando arriva Luciano Lama.

A Torino c'è anche Vittorino Murgia figlio di Antonio detto Sigaro. Dopo aver studiato ai Salesiani, si laurea in Medicina, diventa direttore sanitario al Mauriziano, quattro anni al San Luigi, poi dirigente a Verbania. Frequenta il figlio di Luigi, Alessio, violinista di punta al Teatro Regio. Ci sono altri foghesini alla Fiat: Luigi Piocca e anche Carlo Lai che, per la Fiat, lascia le miniere di Carbonia. E mi dicono che il primo emigrato di Perdasdefogu era stato il padre di SetteSono, zio Vittorio, finito in California dove si era dovuto difendere dalle grinfie della Mano Nera.

Non solo paesani. Conosco un collega ex pastore di Bonorva, Francesco Manai che si era guadagnato un'intervista titolata: *Così sono entrato nella famiglia Agnelli*. Manai una sera mi porta in pieno centro a vedere la casa dove aveva vissuto Antonio Gramsci. Rientra in Sardegna e mi spedisce i libri della sua vita di operaio. Quando posso, ma davvero una sola volta all'anno, vado anche in un bar storico di Torino, era di un emigrato di Osilo, Antonio Chessa si chiamava, titolare del Caffè Mulassano di Piazza Castello. Qui si sono seduti gli artisti del Regio, ci sono stati Mario Soldati, Giovanni Arpino, Carlo Maria Giulini e Riccardo Muti, Carlo Casalegno e Norberto Bobbio. Una volta anche Gianni Agnelli, il padrone della Fiat.

In fabbrica conosco un operaio-romanziere di Dorgali, Angelo Carta. Aveva scritto un bel libro, *Anzelinu*. Era stato segnalato dal censore capo della Einaudi, Giulio Bollati, proprio a Giulio Einaudi, Vincenzo Consolo e Italo Calvino. Quando il romanzo esce il critico letterario Carlo Bo, che era rettore all'università di Urbino, lo definisce «un capolavoro». Autobiografia di Anzelinu pastorello in Sardegna e poi operaio a Torino dove si laurea.

E vedo anche il primo corteo dei colletti bianchi concluso al cinema Statuto. E le stragi sul lavoro. Quando muore il giovanissimo Bruno Pugliese, stritolato da un macchinario che gli si rovescia addosso, Angelo Carta scrive: «È stato travolto dal trasla. È colpa degli squali, gli urlavano ordini dalla passerella e lo hanno ucciso. Non può finire così, con una passata di straccio sulla corsia e un po' di segatura sul binario, non può finire così, non può. Si aprano le galere per far entrare incatenati tutti gli squali. Così imparano a mettersi in centoventi a comandare a braccia conserte un ragazzo indifeso che lavora».

Dopo tre anni di Fiat, con due rientri all'anno in paese da Antonietta, dopo aver potuto rimettere in tasca un po' di denari, decido di chiudere con l'emigrazione e di tornare definitivamente in paese. Miglioro la casa, Antonietta la tira a lucido, quando posso lavoro nella stanza con lo scaffale delle forme delle scarpe. Dopo aver vagato «di gente in gente» torno a *su connotu*, sono al mio deschetto di calzolaio, con la mia famiglia. Nell'oliveto-vigna lato fiume c'è sempre la mia amaca. Quando posso, ripasso verso quella che fu casa mia e davanti alla casa che è stata di mia moglie. L'albero del gruccione c'è sempre. Arriva ogni anno saltellando tra i rami mostrando i suoi colori. Va a caccia dell'ape regina tra gli alveari della macchia mediterranea. Il nido, passato in eredità da gruccione in gruccione, è sempre lì. Dove avevo visto le stelle.

Episodio 10

Il Venezuela di Pedrito
il Venezuela di Maduro

Murales effigianti Hugo Chávez e Nicolas Maduro (Caracas).

La casa di Pedrito è all'uscita del paese, direzione Cagliari. Una casa modesta, davanti un piccolo giardino tutto fiori, poco sotto un orto gioiello che non trovi più né in Sardegna né altrove, qui non c'è un legnetto o una foglia fuori luogo ma i prodotti di stagione che ti dà la buona terra, legumi, lattughe e cicoria, bietola e cipolle, pomodori e zucchine. Tutti ben allineati, perfetti, tirati a lenza. E alberi da frutto a cinque metri esatti l'uno dall'altro.

All'ingresso, nel salone pieno di luce, ti colpisce un grande specchio rettangolare con la cornice in castagno intagliato da Massimo, il figlio più grande che è la memoria storica del padre e ancora lavora nel vecchio laboratorio tenuto come fosse il santuario del lavoro artigiano. Sulla destra quasi lo stemma nobiliare di questa famiglia: è un quadro a colori, ritrae Simón Bolívar a cavallo, ricorda il Napoleone di Jacques-Louis David che aveva eletto Bonaparte a suo idolo. Un idolo anche Pedrito, per figli e nipoti. Il quadro del caraqueño americano l'aveva donato allo "zio dei due mondi" il nipote Umberto, poco più che ventenne, studente al Nautico di Cagliari, figlio di Giuseppina andata in sposa a Gaspare Giordano, pure lui amico di Mormino. Lo aveva dipinto Umberto prima che una brutta malattia se lo portasse via. Pedrito lo aveva ringraziato con una lettera e un dono per «un regalo bellissimo, mi fa ricordare una delle tappe più significative della mia vita con i cinque anni passati a Cagliari, sette in Venezuela e tre a Torino. Simón Bolívar è stato un grande, il nostro Garibaldi. Quando sono nella mia botteguccia di calzolaio, intento a cucire tomaie alle suole, ascolto gli Inti Illimani, canticchio in spagnolo, ripeto soprattutto la quartina "Simón Bolívar, razón / razón del pueblo profunda / antes que todo se hunda / vamos de nuevo Simón". Grazie di cuore Umberto. E felicità. Tuo zio Pietro-Pedrito.»

Con gli anni anche Pedrito comincia ad avere i suoi acciacchi. Reagisce con passeggiate vicino alla casa, a poche decine di metri ha murales tutti colorati che lo rendono felice. Ce n'è uno con frasi a caratteri grossi, ben leggibili, di Marino Moretti, scrittore di Cesenatico, un inno in prosa alla vita dei piccoli villaggi. Dice:

«Voi che siete nati nelle città illustri, nelle possenti città industriali, nelle sterminate metropoli, voi non sapete la dolcezza, l'orgoglio, il privilegio d'essere paesani; non sapete come sia fatto l'amore per il paese dove si è nati e cresciuti, perché la città natia, anche piccola, è sempre troppo grande, e il paese, il borgo, il villaggio, s'ama casa per casa, gronda per grondra, sasso per sasso, e direi anche viso per viso. E non sapete che cosa sia possedere il proprio luogo d'origine perché le vostre strade, le vostre piazze, i vostri crocicchi, son sempre di tutti, anche di chi arriva dalla stazione in questo momento, mentre il paese è proprio nostro, di noi che ci viviamo, di noi che ce ne siamo impossessati per diritto di nascita; e il forestiero che ciondola per la contrada con la borsa in mano è nostro ospite, e non ci fa nessuna invidia, povero pellegrino: forse una grande pietà. Non sapete voi insomma che cosa sia nel borgo selvaggio il mutarsi del cielo, l'avvicendarsi delle stagioni, l'arrivo e la partenza delle rondini, il passaggio del postino amico di tutti, il passaggio dell'arrotino a cui ciascuno reca il coltello e le forbici, la distribuzione del giornale, un temporale, un corteo, un organetto, una carrozza o una nuvola... In ciascuno di noi ci sarà sempre tanta rusticità, tanta ingenuità, per goderne.»

Sono frasi che Pedrito conosce ormai a memoria, ma le rilegge quasi ogni giorno, quando, a braccetto con Antonietta, può lasciare il letto e i farmaci per governare un cuore fin troppo ballerino.

A pochi metri dalle frasi di Moretti, come tutti i passanti che si fermano a fare fotografie e selfie, vede i volti e brani degli autori delle piazze letterarie del suo paese sorto sulle pietre di fuoco: il Nobel sardo-italiano Grazia Deledda con l'Angolo Canne al vento, e il Nobel colombiano Gabriel Garcia Màrquez con la sua Piazza Cent'anni di solitudine e i ricordi della vita a Macondo. E altre tre glorie sarde: con Salvatore Satta e la sua Piazza Il giorno del giudizio, Giuseppe Fiori e il suo *Baroni in laguna* e, proprio davanti all'orto-boutique di Pedrito, la Piazza Bellas Mariposas dedicata a Sergio Atzeni.

Nella primavera del 2016 Pedrito perde forze. Fa di tutto per non darlo a vedere ma è stanco, lento, parla a voce bassa. Ogni domenica vuole i figli Massimo e Michela a pranzo, anche quelli che hanno trovato lavoro - come Stefania e Paolo - fuori Perdasdefogu. Parla sempre del Venezuela, vorrebbe sapere come son cambiate le cose, come gira la politica. Dirà ai figli, l'ultima sua domenica prima della Pasqua:

– Quando potrete andate anche voi a vedere il Venezuela, andate anche a Torino, andate a Cabras a trovare il mio amico Tatano Meli, quello delle risaie dell'Orinoco.

Morirà a metà maggio. Il funerale è come uno di quelli che Pedrito aveva sognato sul Transatlantico.

I figli sono rimasti con Antonietta. Massimo legge riviste internazionali, lo colpiscono, e lo preoccupano, gli articoli di una brava giornalista venezuelana che lavora negli Stati Uniti, Luz Mely Reyes[1]. Si scrivono di frequente.

Quest'anno 2025, a marzo, le ha mandato una email con tante domande. Eccole, con le risposte lette a mamma, fratello e sorelle nella sala che dà sull'orto, nella tavolata sotto il ritratto di Simón Bolívar.

[1] Luz Mely Reyes è una giornalista venezuelana specializzata in informazione politica e di migrazione, temi di cui si occupa da molti anni. Cofondatrice e direttrice generale di Efecto Cocuyo, un media digitale con focus sui diritti umani, politica e temi sensibili, Reyes ha mostrato un forte impegno nel giornalismo di interesse pubblico. Con una solida carriera di reporter ed editrice, ha collaborato al *The Washington Post* in spagnolo e a *El País*. I suoi lavori giornalistici hanno ricevuto riconoscimenti come il Premio CPJ, il Premio tedesco-francese dei Diritti Umani. Nel 2018 è stata nominata dal *Time Magazine* Guardiana del Giornalismo. Reyes fa parte di varie giunte direttive, come il Premio Gabo, Reuters Institute, IPYs Venezuela, Fundamedios USA y WOLA, dove promuove l'integrità dei media, la libertà di espressione e i diritti umani a livello mondiale. È laureata in Giornalismo presso la Universidad Central de Venezuela e ha un master in comunicazione sociale della Universidad Católica Andrés Bello. Ha completato il Programa di Periodismo Empresarial nella Scuola di Laureati in Giornalismo Craig Newmark di Cuny, insegna presso la Fundación Gabo ed è stata professoressa in prestigiose università venezuelane. Ha ottenuto una borsa di studio del Icfj nel 2024 per lavorare come giornalista dall'esilio ed è titolare di una borsa di studio Mellon Scholar della Università di Austin nel 2025. (*NdA*)

Massimo: Ho chiamato tante volte l'ambasciata venezuelana a Roma, alcuni consolati. Appena spiegavo il motivo della mia telefonata (la vita in Venezuela negli anni tra Jiménez e Betancourt) cadeva la linea, ma forse chiudevano la conversazione volutamente. Dopo oltre dieci tentativi, ho desistito. Ci sono periodi storici passati e recenti che anche il Venezuela di oggi vuol dimenticare?

Luz: Negli ultimi 25 anni in Venezuela si è cercato in tutti i modi di cancellare il passato, con una sostituzione di fatti storici e con spiegazioni e analisi che starebbero benissimo nello scenario descritto in *1984*, il romanzo di Orwell. Questa cancellazione di eventi è avvenuta non solo da parte del governo, che ha instaurato una vera e propria egemonia comunicativa, ma anche dell'opposizione. Il contesto in cui si colloca il fenomeno è quello di una globale disinformazione e della creazione di fake news e addirittura di "fatti alternativi" così come di post verità.

Al proposito vorrei fare due esempi. Il primo: nell'aprile del 2002 ha luogo il colpo di Stato contro Hugo Chávez. Una parte dei fatti è tuttora sconosciuta, e nonostante sia stata allestita una apposita commissione per la verità, questa è stata "mediata" dalla polarizzazione. In questo quadro, tutto si può avere meno che la verità. Le vittime non ottengono tutta la giustizia di cui avrebbero diritto e allo stesso tempo si generano nuove vittime, dopo la condanna di un gruppo di poliziotti che, secondo la giustizia, furono coinvolti in un'azione contro la popolazione civile. Nonostante questo, da giornalista che ha svolto inchieste su questi fatti, so che ci sono ancora molte domande senza risposta. Il secondo esempio riguarda tutto quello che ha circondato la morte del presidente Chávez. La sua malattia nel 2011 è stata oggetto di grande segretezza.

Massimo: Come è stato, secondo lei, il periodo tra gli anni Cinquanta e i Settanta? Come è stato dal punto di vista dell'economia e della libertà dei cittadini?

Luz: Sono nata alla fine degli anni Sessanta. Lo dico perché i dati economici si possono trovare negli archivi. Posso però parlare dell'esperienza che ho vissuto quando ero bambina e di quello che i miei genitori e nonni mi hanno raccontato sugli anni Cinquanta e Sessanta.

Cominciamo con quando sono nata. Il decennio degli anni Cinquanta ha coinciso con la dittatura del generale Pérez Jiménez. I report indicano una economia gestibile, il Venezuela stava dando i primi passi come Paese produttore di petrolio e si assisteva a un processo di immigrazione interna, dalla campagna alla città di Caracas. È un periodo di crescita economica, secondo gli esperti, ma anche di limitate libertà politiche, specialmente dopo il 1952, quando avvenne il vero e proprio furto di un'elezione presidenziale che si riteneva avrebbe riportato alla democrazia. Il Venezuela arrivava da un periodo molto instabile tra democrazia e governi di fatto. Quando cade Pérez Jiménez, nel gennaio del 1958, comincia il periodo democratico. Il Venezuela lo attraversò al principio con precarietà: si visse un momento di violenza politica con scontri tra gruppi armati e le Forze Armate. È l'epoca della guerriglia, gli anni del *Pacto de Puntofijo*[2]. Nel decennio degli anni Settanta si registra un fatto fondamentale per l'economia venezuelana: la nazionalizzazione del petrolio. È importante inoltre guardare i dati sulla massificazione dell'istruzione. Nei primi anni di democrazia si registra un ampliamento dell'offerta scolastica del Paese. È così che l'istruzione e la salute pubblica si consolidano in un periodo di libertà politiche e benessere economico, nonostante ci sia ancora povertà strutturale. Dal mio punto di vista, si assiste in Venezuela a una grande crescita economica, politica e culturale, ma allo stesso tempo si producono grandi disuguaglianze. Io per esempio sono nata in una famiglia povera, mia madre aveva la quarta elementare e sono cresciuta in una casa senza genitori. A dispetto della povertà, lo Stato aveva diversi programmi assistenziali che permettevano di accedere all'istruzione. C'era un ventaglio di opportunità che furono un terreno fertile per esperimenti politici posteriori. È giusto ricordare che l'economia venezuelana ha sempre subito gli alti e bassi del mercato petrolifero mondiale. Il Paese è stato tra i fondatori dell'Organizzazione dei Paesi Esportatori di Petrolio. L'aumento dei

[2] Il "Patto Punto Fisso" era un accordo di governance tra i partiti politici venezuelani Acción Democrática, Copei e Urd (Unión Republicana Democrática), firmato il 31 ottobre 1958 per una vita democratica, pochi mesi dopo il rovesciamento di Marcos Pérez Jiménez e prima delle elezioni del dicembre dello stesso anno. Questo patto ha permesso la stabilizzazione nei primi anni del sistema democratico rappresentativo e sarebbe durato quattro decenni. (*NdA*)

prezzi del petrolio e la nazionalizzazione dell'industria petrolifera, controllata in precedenza dalle imprese Usa, assicurarono un flusso di denaro che venne soprannominato la Venezuela Saudita.

Massimo: Mio padre diceva: "Per vivere bene a Caracas, a Maracay, ovunque in Venezuela, non dovevi mai fare una critica, in alcun campo. Dovevi solo dire che tutto va bene. Diversamente erano guai". Era prevenuto mio padre o aveva ragione? Gli amici di mio padre erano quasi tutti di Acción Democrática.

Luz: Immagino che suo padre si riferisse alla dittatura di Pérez Jiménez. Anche io sono cresciuta con questo slogan. A casa mia, mia madre diceva che chi si teneva lontano dalla politica poteva vivere tranquillo. Acción Democrática era un partito che soffrì la persecuzione della dittatura di Perez Jiménez.

Massimo: Perché tanti episodi di violenza quasi sadica, brutale, crudele?

Luz: Immagino che continui a riferirsi al periodo di Pérez Jiménez. Va ricordato che se qualcuno usa le armi per mantenere il potere, è capace di qualunque fatto atroce. La mia opinione è che quel periodo di violenza politica continua a segnare il Venezuela di oggi perché anche all'inizio del periodo democratico ci furono persecuzioni a gruppi armati. Oggi la situazione è atroce: persecuzione politica, *desapariciones* forzate, torture e probabilmente crimini di lesa umanità.

Massimo: Dopo le varie dittature militari arriva Chávez: cosa cambia in quegli anni? Nell'economia, nei diritti civili? Alcuni italiani, anche sardi, rientrano dov'erano nati.

Luz: Chávez arriva al potere nel 1998, in epoca di democrazia. Il periodo precedente all'arrivo di Chávez fu il più democratico del Venezuela degli ultimi 40 anni. In quel contesto, però, la crisi economica degli anni Ottanta ebbe enormi effetti sull'economia degli anni Novanta. Chávez vince in un contesto di instabilità politica. Nel 1992, tentò un colpo di Stato. Arriva alla presidenza con la promessa di una Costituente, che comincia nel 1999 e insieme a quella inizia una deriva autoritaria che si rafforza dopo che cercano di rovesciarlo, nel 2002. Nel 2013, con la morte di Chávez e l'insediamento di Nicolás Maduro, vengono minate sempre di più le libertà civili dei venezuelani. Ci sono leggi che limitano le organizzazioni della società civile. Si sorvegliano i mezzi di comunicazione e si interviene nell'economia. Tutto questo nel contesto della caduta mondiale del prezzo del petrolio. Maduro non solo attacca l'opposizione tradizionale ma anche le dissidenze interne al chavismo. Oggi, per far capire che in Venezuela c'è una dittatura, basti dire che perfino il Partido Comunista de Venezuela, il più antico del Paese e un tempo alleato del chavismo, è diventato un bersaglio e oggetto di persecuzione politica.

Massimo: Chi è stato Betancourt in anni tormentati con corsi e ricorsi democratici e dittatoriali? Mio padre lo ritenevo un buon politico.

Luz: Suo padre aveva ragione. Rómulo Betancourt è

considerato il "padre della democrazia venezuelana". Durante la dittatura di Pérez Jiménez (1952-1958) è stato esiliato in vari Paesi. Dall'esilio dirigeva il partito Acción Democrática (socialdemocrazia). Betancourt è stato presidente della Junta Revolucionaria de Gobierno tra il 1945 e il 1948, dopo un colpo di Stato. Dopo l'esilio tra il 1952 e il 1958 ritornò nel Paese e vinse le elezioni nel dicembre del 1958. È stato il primo presidente eletto dell'era democratica del Venezuela.

Massimo: Qual è oggi la situazione in Venezuela? Qual è lo stato dell'economia, dell'inflazione?

Luz: Negli ultimi dodici anni, il Venezuela ha vissuto un'emergenza umanitaria che ha reso impossibile per molti cittadini accedere a servizi di salute, istruzione e servizi pubblici come acqua ed elettricità. In questo periodo abbiamo anche avuto una iperinflazione per più di quattro anni, scarsità di cibo e di prodotti indispensabili (tra gli altri, quelli per l'igiene delle donne). Dal 2015 è cominciato l'esodo di venezuelani verso altri Paesi, una delle crisi di mobilità più imponenti al mondo, seconda solo a quella della Siria. Cittadini italiani e di altri Paesi europei che furono accolti in Venezuela a partire dagli anni Cinquanta, cominciano a tornare nei propri Paesi. In questo momento, l'economia venezuelana ha una inflazione a due cifre e la sua salute dipende dalle relazioni con Washington. Di recente, gli Stati Uniti hanno annunciato un inasprimento delle misure contro l'industria petrolifera venezuelana, che comporterà un nuovo deterioramento nelle condizioni di vita della popolazione.

Massimo: E la vita della gente comune? Le differenze sociali sono marcate?

Luz: C'è stata una sostituzione delle élites economiche e questo fatto ha acuito le disuguaglianze. La nuova élite politica ed economica, legata al governo, gode di tutti i benefici, ma la gente dei quartieri poveri può appena mandare i figli a scuola. Gli indicatori mostrano una regressione dell'economia simile a quella degli anni Quaranta. Secondo gli esperti, il Paese ha sofferto una caduta che non ha precedenti in alcun altro Paese latinoamericano e addirittura nel mondo, se si escludono i Paesi in guerra. «La contrazione economica tra il 2014 e il 2021 ha superato il 70 per cento» ha spiegato Asdrúbal Oliveros, direttore dell'impresa di consulenza economica Ecoanalítica. Le differenze sociali in Venezuela non sono marcate come in altri Paesi ma si notano nell'accesso ai servizi pubblici. C'è stata una privatizzazione di fatto nella salute e nell'istruzione. E si assiste anche a una criminalizzazione delle classi povere. Dai primi mesi del 2025 ci sono state operazioni di sterminio di giovani poveri accusati di essere legati a gruppi criminali. Queste operazioni sono conosciute come le Olp. Una operazione di polizia e militari, annunciata come il *plan gubernamental n. 23*, nata per combattere l'insicurezza, si è presto convertita in un dare carta bianca alle forze dell'ordine per commettere soprusi e attacchi contro gli abitanti delle zone popolari.

Massimo: Qual è oggi, dopo la riconferma di Trump, il rapporto con la Casa Bianca? Come si colloca il governo attuale? C'è la sensazione degli States pigliatutto?

Luz: Gli Stati Uniti hanno indurito la propria politica sia con il Venezuela sia con i venezuelani negli Stati Uniti. La criminalizzazione degli immigrati venezuelani, l'eliminazione di benefici per difendere la legalità dei venezuelani negli Stati Uniti (come il TPS e il *Parole Humanitario*[3]), l'invio di venezuelani a un carcere di massima sicurezza in Salvador sono solo alcuni esempi di questo indurimento. A ciò si aggiunge una riattivazione della politica di mano dura con sanzioni economiche all'industria petrolifera.

Massimo: Ma soprattutto, qual è il livello di democrazia? Della libertà di stampa? Lei è una giornalista: può scrivere tutto ciò di cui viene a conoscenza? C'è censura, autocensura? Ci sono giornalisti arrestati? Perché? Può citare alcuni esempi?

Luz: Tra i momenti culminanti dell'attacco alla stampa indipendente, che si è consolidato come una politica di Stato, segnaliamo: 1) la chiusura dell'emittente Radio Caracas Televisión, nel maggio 2007;

[3] *TPS*. Il 5 febbraio 2025, il DHS, Department of Homeland Security, ha pubblicato una revoca dell'estensione dello status di protezione temporanea (TPS) per i venezuelani entrati negli Stati Uniti a partire dal 31 luglio 2023. Per i venezuelani attualmente titolari di TPS che sono entrati negli Stati Uniti a partire dal 31 luglio 2023 (in base alla designazione del 2023), il TPS terminerà il 7 aprile 2025. (Il 10 gennaio 2025, il DHS di Biden aveva prorogato la designazione del TPS venezuelano per il 2023 fino al 2 ottobre 2026).

Programma di Parole Humanitario. È un permesso temporaneo concesso per motivi umanitari o di pubblica utilità a persone che non potrebbero entrare negli Stati Uniti. (*NdA*)

2) il soffocamento economico attraverso multe dell'emittente Globovisión, culminato con la vendita a capitali vicini al governo e con il licenziamento dei giornalisti che lavoravano in quel media; 3) l'approvazione di leggi per limitare la libertà di espressone; 4) l'acquisto con capitali sconosciuti di due delle riviste pi*ù* autorevoli del Paese, che in seguito cambiarono linea editoriale per favorire il governo. L'Indice di Libertà Informative, elaborato dal IPYS Venezuela, sulla base della percezione dei giornalisti, riporta che gli attacchi più frequenti nel 2016 sono stati l'occultamento di informazioni, misure di censura preventiva, segnalazioni discriminatorie, azioni legali, detenzioni arbitrarie, gli assalti a sedi di mezzi di comunicazione e a tutta l'area digitale. Nel 2017 si è raggiunto il record di aggressioni contro la libertà di espressione in Venezuela. Espacio Público ha riportato 708 casi, il 13,4 per cento dei casi riportati da questa organizzazione in 21 anni di monitoraggio. L'organizzazione non governativa Espacio Público ha documentato 5.276 violazioni alla libertà di espressione in Venezuela in 21 anni. Il 59 per cento si sono verificati tra il 2015 e il 2023. In quest'ultimo periodo, l'*Instituto Prensa y Sociedad Venezuela* ha individuato 3.155 attacchi diretti contro giornalisti e media.
Vorrei proporre una nuova categoria di analisi chiamata emergenza mediatica complessa, in un quadro di smantellamento dell'industria dei mezzi di informazione in Venezuela e che sarebbe il risultato di diverse variabili: chiusura dei media, censura, autocensura, arresti, persecuzioni e mancanza di risorse economiche.

Nella repressione postelettorale (dopo il 28 luglio del 2024, quando Maduro si è rubato le elezioni presidenziali) sono stati arrestati e processati almeno 12 giornalisti e lavoratori dell'informazione. Nel mio caso, non posso tornare nel mio Paese per paura di essere arrestata arbitrariamente. Quello attuale è un periodo di autocensura di vari attori della società civile a causa della persecuzione politica. Tra luglio e settembre del 2024 ci sono stati p*iù* di duemila detenuti politici, di cui più di 100 bambini e adolescenti. Ci sono denunce per tortura, sparizione forzata e violazione di diritti umani. La Corte Penale Internazionale indaga su crimini di lesa umanità commessi a partire dal 2014. La Commissione Interamericana dei Diritti Umani ha qualificato il comportamento del governo venezuelano come terrorismo di Stato.
Nessuno in Venezuela è libero di essere dissidente.

Massimo: Come giudica il Venezuela di Maduro in questo difficile momento, mentre sta per essere rivoluzionato l'ordine mondiale, sconvolto più di prima da un disordine inquietante: nelle Americhe, in Palestina, nel resto del Medio Oriente, nel cuore dell'Africa e dell'Asia?

Luz: Purtroppo il Venezuela è diventato una vera e propria dittatura con il furto da parte di Maduro delle elezioni del 28 luglio del 2024. In questo contesto, le organizzazioni della società civile e noi media indipendenti siamo entrati in una fase di resistenza. Ad aggravare il tutto c'è che il nuovo governo degli Stati Uniti ha una inclinazione autoritaria.

* * *

post scriptum
Succede anche nel Venezuela 2025

Ritengo un dovere morale, in un libro che racconta le violenze atroci di ieri in Venezuela, ricordare anche le violenze, altrettanto atroci, di oggi. Nel momento in cui il libro va in stampa, un operatore umanitario italiano, Alberto Trentini, è in carcere senza che gli sia stata formalizzata una sola accusa. Sulla non-libertà in Venezuela avete letto Luz Reyes.

Spero che Trentini sia in Italia quando il libro sarà nelle librerie. La sua storia – per non dimenticare – la racconta brevemente un collega di *La Repubblica*, Lucio Luca (ultimo libro: *La notte dell'antimafia*, Compagnia editoriale Aliberti, Reggio Emilia 2024).

«Alberto Trentini era andato in Venezuela il 15 novembre dello scorso anno per fare quello che ha sempre fatto: l'operatore umanitario. Voleva aiutare la povera gente, portare cibo e medicine a chi soffre, anziani, donne, bambini. Lavorava per una Ong internazionale, riconosciuta e autorizzata dal governo di Caracas, ma appena sbarcato nel Paese, Alberto è stato fermato dalle autorità venezuelane, portato in carcere senza un'accusa circostanziata e abbandonato per mesi in isolamento totale, senza contatti con la sua famiglia, avvocati o rappresentanti consolari. La madre, Armanda Colusso, che in questi mesi ha lanciato numerosi appelli anche al governo Meloni, è riuscita a scambiare due parole con Alberto soltanto dopo più di duecento giorni di detenzione. I motivi dell'arresto, come detto, non sono mai stati chiariti, quel che è certo è che Trentini è stato subito affidato alla Direzione generale del controspionaggio militare (Dgcim), con destinazione finale Caracas. Dunque, secondo i venezuelani, Alberto è una spia per conto di qualche organizzazione internazionale.

Nel silenzio delle istituzioni italiane, è stata subito la società civile a mobilitarsi con forza per Trentini attraverso varie iniziative di solidarietà come flashmob, digiuni a staffetta e l'esposizione di striscioni per sensibilizzare l'opinione pubblica e fare pressione sulle autorità. Inoltre, è stata lanciata una petizione online (che ha superato le centomila firme) per sollecitare le istituzioni italiane, europee e le Nazioni Unite a profondere il massimo impegno per la vicenda di Alberto e di agire con urgenza per ottenere il suo rilascio immediato e la piena tutela dei suoi diritti fondamentali; assicurare assistenza legale e medica e permettergli contatti regolari con i familiari, avvocati e rappresentanza consolare. La storia di Alberto è anche diventata una campagna di stampa del quotidiano *La Repubblica* che, ogni giorno, pubblica il numero dei giorni in carcere del cooperante italiano. Nel frattempo, la premier Giorgia Meloni e il ministro degli Esteri Antonio Tajani assicurano che stanno facendo ogni sforzo per riportare Trentini in Italia. Sforzo che, fino a questo momento, non è servito a nulla.»

Appendice

Biografie di alcuni protagonisti nell'Enciclopedia Treccani

Qui di seguito, per gentile concessione dell'Istituto dell'Enciclopedia Treccani, riportiamo le biografie di alcuni dei protagonisti venezuelani citati nel libro.

RÓMULO BETANCOURT – Uomo politico del Venezuela (Guatire, Miranda, 1908 - New York 1981). Fondatore (1941) del partito di Acción Democrática, partecipò alla rivoluzione dell'ottobre 1945 che rovesciò il regime di Medina Angarita. Presidente della Giunta provvisoria di governo (1945-48), varò una nuova costituzione e avviò un programma di moderate riforme sociali. Costretto all'esilio durante la dittatura di Pérez Jiménez, dopo la caduta di quest'ultimo (1958) fu eletto presidente della Repubblica (1959-64), riprendendo una politica riformatrice (espropriazione dei latifondi, lavori pubblici) e scontrandosi con le opposizioni della destra conservatrice e della sinistra filo-castrista.

OSCAR MAZZEI CARTA – Militare e uomo politico venezuelano (Barquisimeto 1907 - Caracas 1988). Laureatosi nel 1934 in Fisica e matematica presso la Universidad Central de Venezuela e perfezionatosi in Ingegneria civile e militare negli Stati Uniti e in Cile (1938), durante la dittatura militare di Pérez Jiménez occupò ruoli istituzionali di rilievo: ministro delle Comunicazioni (1949-53), della Difesa (1953-58) e delle Opere pubbliche (genn. 1958), durante il suo mandato fornì un importante contributo alla modernizzazione delle forze armate venezuelane.

HUGO CHÁVEZ – Uomo politico venezuelano (Sabaneta, Barinas, 1954 - Caracas 2013). Nel 1992 tentò un colpo di stato militare, il cui fallimento lo portò in carcere, dove rimase fino al 1994. Eletto presidente nel 1998 e riconfermato alla guida del Paese nel 2000, 2006 e 2012, ha attuato un programma di riforme miranti allo sviluppo di un'economia di tipo socialista legata al modello cubano; sul piano internazionale, ha assunto posizioni critiche verso gli Usa. Completati gli studi presso l'Accademia Militare (1975), si distinse nelle unità dei paracadutisti raggiungendo il grado di tenente colonnello (1990). Nel febbraio 1992 tentò un colpo di stato alla testa di una fazione dell'esercito, il Movimiento revolucionario bolivariano 200. Fallito il golpe, restò in prigione fino al 1994, quando fu graziato. Nel dicembre 1998, costituito il Movimiento V República, si presentò alle elezioni presidenziali con un programma di riforme sociali e di lotta alla corruzione. Eletto con oltre il 56 per cento dei voti, a un anno dal suo insediamento sottopose a referendum popolare (il primo nella storia del Paese) la nuova costituzione che proclamava la nascita della "Nuova Repubblica Popolare del Venezuela" Approvata con il 71 per cento dei voti, la Carta concedeva ampi poteri al presidente. Rieletto nel 2000 con il 60 per cento dei voti, ha proseguito la politica di ispirazione populista avviata nel primo mandato, iniziando ad assumere, sul piano internazionale, posizioni critiche nei confronti degli Stati Uniti. Il suo operato, e in particolare alcune delle leggi promulgate fino agli inizi del 2002 (in primis, la riforma agraria), ha alimentato un crescente malcontento, materializzatosi nell'aprile 2002 in un colpo di stato, tramato da alti ufficiali dell'esercito e avallato dai media venezuelani. Consegnatosi ai golpisti, ha lasciato via libera a P. Carmona Estanga (n. 1941), che si è autoproclamato presidente del Venezuela, sciogliendo il parlamento in carica e ripristinando la vecchia costituzione; forte dell'appoggio popolare, ha però riottenuto il potere in pochi giorni. L'opposizione ha proseguito la sua offensiva, proponendo, tra l'altro, un referendum (agosto 2004) per destituire Chávez, dal quale tuttavia l'autorevolezza del presidente, risultato vittorioso (con il 59 per cento dei voti), è uscita rafforzata. Rieletto presidente nel dicembre 2006, ha avviato una serie di riforme in campo economico miranti a un'economia di tipo socialista legata al modello cubano, ma nel 2007 ha perso il referendum sulla trasformazione in questo senso del paese. Tuttavia, con l'abrogazione, anch'essa per via referendaria (febbraio 2009), dei limiti posti dalla costituzione alla rielezione del presidente, Ch. ha acquisito la possibilità di ricandidarsi a vita; alle presidenziali tenutesi nell'ottobre 2012 l'uomo politico si è affermato sul candidato dell'opposizione H. Capriles, ricevendo il 54,4 per cento delle preferenze e ottenendo il quarto mandato. Alla sua morte, avvenuta nel marzo 2013, ha assunto la carica *ad interim* il suo vice Nicolas Maduro.

RÓMULO GALLEGOS – Romanziere e uomo politico venezolano (Caracas 1884 - ivi 1969), liberale. Esule in Spagna dal 1931, ritornato in patria nel 1935, alla fine della dittatura di J. V. Gómez, fu ministro della Pubblica Istruzione nel 1936 e deputato dal 1936 al 1940. Nel 1941 fondò il partito di "Acción Democrática" e il 14 dicembre 1947 fu eletto presidente della Repubblica. Il 24 novembre 1948 fu rovesciato da un colpo di stato militare e conservatore; imprigionato, poi costretto all'esilio, si stabilì all'Avana, passando poi in Messico. Caduto il dittatore P. Jiménez nel 1958, rientrò in patria. A partire dai suoi primi romanzi, *Reinaldo Solar* (1920), *La Trepadora* (1925), *Doña Bárbara* (1929) trattò il tema della rigenerazione nazionale, individuata nell'utilizzazione positiva di energie tradizionalmente ritenute distruttrici. La preoccupazione per la sorte della propria patria è presente anche nelle opere che seguirono (*Pobre negro*, 1937; *El forastero*, 1945; *Sobre la misma tierra*, 1947), in cui i problemi sociali, il mondo degli indios e i temi politici hanno il sopravvento sulla descrizione del paesaggio e dei costumi, che in *Doña Bárbara* avevano avuto la migliore espressione. Tra le sue ultime opere vanno ricordati il romanzo *La doncella y el último patriota* (1954) e il dramma *Tierra bajo los pies* (post., 1971).

Marcos Pérez Jiménez – Colonnello e uomo politico venezolano (Michelina, Táchira, 1914 - Madrid 2001). Capo di stato maggiore, partecipò al colpo di stato nel novembre1948 e divenne membro della giunta militare al potere; nel dicembre 1952 assunse la presidenza della Repubblica e instaurò un regime dittatoriale. La sua politica di opere pubbliche non impedì un deterioramento delle condizioni economiche e sociali, mentre le sue misure repressive e i frequenti episodî di corruzione alimentavano il malcontento popolare. Nel gennaio 1958 un'aperta insurrezione costringeva infine Jiménez a rifugiarsi negli Stati Uniti. Estradato in Venezuela nel 1963, fu condannato per corruzione; rilasciato nel 1968, si ritirò in Spagna.

Wolfgang Enrique Ugueto Larrazábal – Militare e uomo politico venezuelano (Carúpano 1911 - Caracas 2003). Contrammiraglio e capo di stato maggiore della Marina venezuelana, nel gennaio 1958, raggiunto il grado di comandante supremo, fu nominato presidente della giunta militare subentrata alla guida del Paese dopo la caduta della dittatura militare di Marcos Pérez Jiménez. Durante il suo mandato promosse politiche sociali contro la disoccupazione e garantì ampie libertà politiche, guidando il Paese verso elezioni democratiche. Candidatosi alle consultazioni presidenziali del 1959, venne sconfitto da Ròmulo Betancourt che gli subentrò nella carica proseguendo la sua politica riformatrice.

LUIS FELIPE LLOVERA PÁEZ – Militare e uomo politico venezuelano (Ciudad Bolívar 1913 - Caracas 1977). Formatosi alla Scuola militare e navale, raggiunse nel 1948 il grado di tenente colonnello. Nel novembre dello stesso anno partecipò al colpo di Stato che destituì il presidente Ròmulo Gallegos facendo poi parte della giunta militare al governo (1948-52); ministro degli Interni nello stesso periodo, diresse l'Ufficio di studi della presidenza del Paese (1953-55) e il dicastero delle Comunicazioni (1955-56). Dal 1958, con la fine della dittatura di Marco Pérez Jiménez, visse in esilio negli Stati Uniti, in Svizzera e Argentina, rientrando nel 1969 in Venezuela, dove fondò il Frente Nacional Integracionista.

NICOLÁS MADURO – Uomo politico venezuelano (Caracas 1962). Già militante della Liga socialista, è stato tra i fondatori del Sitrameca (*Sindicato de la Clase Trabajadora del Metro de Caracas*), per poi avvicinarsi alla figura carismatica di Chávez negli anni Novanta. Dopo aver aderito al MBR-200 (*Movimiento Bolivariano Revolucionario 200*) si è unito al MVR (*Movimiento Quinta República*) e dal suo interno ha sostenuto la candidatura di Chávez, eletto presidente nel 1998. Membro dell'Assemblea costituente dal 1999, nel 2000 è stato eletto deputato all'Assemblea nazionale, divenendone presidente nel 2005 e lasciando l'incarico l'anno successivo per porsi alla guida del dicastero degli Esteri. Vicepresidente esecutivo dall'ottobre 2012, nel marzo 2013, alla morte di Chávez, gli è subentrato *ad interim* nella carica, essendo eletto presidente del Paese con il

50,6 per cento delle preferenze alle consultazioni tenutesi ad aprile. Nel periodo successivo, a seguito di una fase di instabilità prodotta dall'inasprimento delle misure repressive contro le opposizioni e dal peggioramento delle condizioni economiche l'erosione dei consensi accordati all'uomo politico è stata ampiamente attestata dai risultati delle legislative del dicembre 2015, vinte dall'opposizione dopo 17 anni di chavismo. Gli scontri tra popolazione civile e forze dell'ordine sono proseguiti nei mesi successivi, provocando decine di morti e trascinando il Paese sull'orlo di una guerra civile, mentre la svolta autoritaria è stata confermata dall'insediamento nell'agosto 2017 della nuova Assemblea costituente, composta solo da rappresentanti vicini al governo e duramente contestata dall'opposizione e dalla comunità internazionale. Rieletto nel maggio 2018 e insediatosi nel gennaio 2019 in un Paese stremato dalla crisi economica e lacerato da insanabili contrasti politici, pochi giorni dopo è stato deposto dal capo dell'opposizione e leader dell'Assemblea nazionale J. Guaidó, che si è autoproclamato presidente *pro-tempore,* ma i cui tentativi di rovesciare il governo di Caracas sono falliti a causa della defezione di importanti membri dell'apparato di sicurezza e della scarsa adesione delle forze armate. Alle elezioni legislative svoltesi nel novembre 2020 la coalizione del GPPSB (*Gran Polo Patriótico Simón Bolívar*), che sostiene il presidente, ha ottenuto il 67,7 per cento dei voti scrutinati, mentre l'opposizione si è aggiudicata il 18 per cento dei consensi. Ricandidatosi alle consultazioni presidenziali del luglio 2024, in un clima di forti tensioni sociali Maduro ha ottenuto un terzo mandato, ricevendo oltre il 51 per cento dei consensi, mentre le opposizioni hanno denunciato brogli in tutto il Paese; nel mese successivo il Tribunale supremo di giustizia ha comunque convalidato i risultati annunciati dal Consiglio nazionale elettorale, e nel gennaio 2025 Maduro ha assunto il suo terzo mandato presidenziale.

Ringraziamenti

Non so fare copia-incolla, vivo di ascolta e scrivi. Per cui devo e voglio ringraziarne tanti:

I lettori passati e - spero - quelli prossimi venturi,

Enrica, Roberta e Laura che mi sopportano,

Massimo, figlio di Pedrito, e Valesca, figlia di Lillino,

e gli eredi della famiglia Mormino, soprattutto Anna,

Luz Mely Reyes, giornalista venezuelana costretta a vivere negli States, in Venezuela la metterebbero in galera,

Gabriella, enciclopedista Sudamericana, lavora 38 ore al giorno, rispetta gli impegni, conosce lo spagnolo e poi è brava,

Tiziana, mamma e insegnante, dopo aver lavorato alle edizioni del Prado a Madrid mi ha fatto scoprire tanti autori in lingua spagnola,

Alejandro Cardozo Uzcátegui, per le notizie documentate sulla storia del Venezuela, vive in Colombia e insegna all'Università Sergio Arboleda di Bogotá,

Alessandra Capra che, senza conoscermi, mi ha dato fiducia facendomi scoprire anche una Orgosolo che - pur avendoci lavorato tanto da cronista - non conoscevo,

mia sorella Anna che è maestra e corregge con matita rossa e blu,

Florido, fitocronista, informato sui fatti,

Banne, che ascolta e consiglia, molto informato sui fatti,

il notaio Paolo Emilio Pasolini per la sua consulenza tanto precisa quanto fulminea, la famiglia errante Meli di Cabras e soprattutto la signora Ofelia con i figli,

dirigenti e collaboratori degli Archivi di Stato di Cagliari e Nùoro,

la Biblioteca Satta di Nùoro,

Antonio Troccoli di Marina di Camerota, per la pazienza dimostrata con simpatia,

Martín Caparrós, Giuseppe Galzerano, Massimo De Giuseppe e Gianni La Bella, Loris Zanatta, Fredy Rincón Noriega: non li conosco ma i loro libri sono stati una guida illuminante (nell'ordine: *Ñamerica*, Einaudi; *Dall'America all'Europa*, Galzerano editore; *Storia dell'America Latina contemporanea*, il Mulino; stesso titolo ha il libro di Zanatta uscito per Laterza; *El Nuevo Ideal Nacional y los planes económicos-militares de Pérez Jiménez 1952-1957*, Ediciones Centauro),

I miei paesani (fra tutti Felice-Fiddiffeu che non c'è più, Peppinu Martiri e Torigeddu che mi aiutano a conoscere e scavare storie),

Grazie al Maestrale che esiste e resiste, all'editore Peppe Podda, a Nino Mele che ha curato la grafica. E grazie *in aeternum* a Giancarlo Porcu, mamma mia quanto è paziente, attento e preciso.

Giacomo Mameli

INDICE

Finito di stampare
nel luglio 2025 presso
Nuove Grafiche Puddu
Ortacesus (SU)